Rainer Maria Rilke

Worte, die verwandeln

Rainer Maria Rilke

Worte, die verwandeln

Herausgegeben von
Adelheid Nießen

Herder
Freiburg · Basel · Wien

Herstellung: Freiburger Graphische Betriebe 2001
Gedruckt auf umweltfreundlichem,
chlorfrei gebleichtem Papier
ISBN 3-451-27531-7

Inhalt

Einleitung

Rainer Maria Rilke* – wer auch nur ein einziges Gedicht von ihm gelesen oder gehört hat, vergißt seinen Namen nicht mehr. Er verbindet sich mit einer Empfindung von Schönheit und Adel, von feinstem Klang der Sprache, von Reinheit, Wahrheit und Tiefsinn der Aussage.

Geht der Verstand dem Empfinden prüfend nach, so verstärkt sich der erste Eindruck. Vers für Vers des umfangreichen lyrischen Werkes und Zeile für Zeile seiner Prosa – einschließlich der zahlreichen Briefe – sind aus innerer Notwendigkeit entstanden und mit großer Sorgfalt formuliert. Hier wird in einem späten Jahrhundert die aristotelische Einsicht konkret, daß das Wahre und das Schöne identisch seien: Was wahr ist, ist auch schön, was schön ist, ist auch wahr.

Kein Zweifel, daß Rilke Dichter genannt werden muß; keine der übrigen Bezeichnungen, die auf Autoren nach ihm angewendet werden, paßt

---

* Geboren am 4. Dezember 1875 in Prag, gestorben am 29. Dezember 1926 in Valmont bei Montreux.

für ihn. Mit Liebe und Bewunderung wendet er sich den Dingen dieser Welt zu, gibt sich ihnen hin in einer unerhörten Ausschließlichkeit, verdichtet das Erfaßte, Verinnerlichte in Sprache und schenkt es weiter an alle, die hören können.

> „Ich habe keine Geliebte, kein Haus
> keine Stelle, auf der ich lebe.
> Alle Dinge, an die ich mich gebe,
> werden reich und geben mich aus."
>
> *Neue Gedichte*

Diese Zeilen dürfen wörtlich verstanden werden. Der zentrale Punkt im Leben des Dichters ist die Arbeit. Sie ist sein einziges Begehren, und alles übrige dient ihr. So sind seine zahlreichen Ortswechsel und Reisen nichts anderes als ein bewußtes oder unbewußtes Suchen nach einem Ort gleichzeitiger Geborgenheit und Weite, an dem er sich vom Wesen der Dinge erfassen lassen kann, um es lyrisch neu zu schaffen und verstehbarer zu machen. Dabei weiß sich der Dichter als Gesandter Gottes:

„Du gehst jetzt so gerade auf das Göttliche zu... Und ich bin dort gewesen, immer schon, als Kind, und komm' gehend davon her und bin ausgesandt [...], um unter dem Menschlichen zu sein, um alles zu sehen, um nichts abzulehnen ... Ich bin wie einer, der Pilze sammelt und Heilkräuter unter den Kräutern; da sieht man gebückt und mit Geringem beschäftigt aus ... Aber die Zeit wird kommen, wo ich den Trank bereite. Und die andere, wo ich ihn hinaufbringe, in dem alles verdichtet ist und verbunden, das Giftigste und Tödlichste, um seiner Stärke willen; hinaufbringe zu Gott, damit er seinen Durst stille und seinen Glanz in seine Adern strömen fühle" (an Clara Rilke).

Rainer Maria Rilke schreibt also nicht nur für Menschen, so sehr sie auch seine Adressaten sein mögen, er schreibt für Gott und ist somit den Erbauern der mittelalterlichen Kathedralen ähnlich.

Richtig verstanden, ist die gesamte Dichtung Rilkes religiös, im „Stundenbuch" in großer Kühnheit und fern von dogmatischen Vorbildern Gott suchend, in seinen übrigen Werken als preisende Seinsfrömmigkeit und als gequälter Aufschrei der leidenden Kreatur. Gott ist alles in allem, aber er ist vor allem der Werdende, derjenige, der vom Ringen und Mühen des Menschen abhängt:

„In meinem Reifen
reift dein Reich."

So kostbar der Trank der Dichtung ist, den der Dichter Gott einmal überreichen wird, so groß ist die Not der Entstehung. Die Gedichte wie auch der Roman „Die Aufzeichnungen des Malte Laurids Brigge" sind nämlich keineswegs etwas Machbares, mit Begabung, Fleiß und formalem Geschick Herzustellendes, sondern sie müssen wie Eingebungen erwartet werden und haben ihren eigenen Zeitpunkt und ihren eigenen Ort. Viele Briefstellen zeugen von der Qual des Warten-Müssens bei gleichzeitiger innerer Gewißheit, es sei mit Notwendigkeit etwas Wichtiges hervorzubringen. Der Dichter verbringt Jahre damit, die äußeren und inneren Bedingungen zu schaffen, damit er endlich „arbeiten" könne. Verzweifelt sucht er eine Wohnstatt, die ihm die Einsamkeit garantiert, in der allein ihn die Inspiration erreichen kann.

Welcher Jubel, als sie ihn dann im Februar 1922 im Turm von Muzot trifft. In wenigen Tagen verfaßt er neun Elegien und fünfzig Sonette von vollkommener Schönheit. Der Trank ist vollendet, das reine, wahre Sein lyrisch verdichtet. Der Dichter hat seine Lebensarbeit getan, es bleibt ihm nur noch die Aufgabe, „seinen eigenen Tod" zu sterben, was er vier Jahre später, gerade einundfünfzigjährig, unter großen Schmerzen vollbringt.

Rainer Maria Rilke, ein Gesandter, dem Engel ähnlich, den er beschreibt, der Inspiration gewürdigt, ein Frauenlob, nicht nur Liebender der Natur und des Menschenwesens, sondern auch Großstadtbewohner, Gesellschafter adliger Damen und Geistesgrößen, seiner Biographie nach mehr ins 19. als ins 20. Jahrhundert passend – dringt seine Stimme durch bis in unsere kühlen Jahrzehnte? Kann sie verwandeln, wie der Titel dieser Sammlung verspricht?

Freilich ist das Verwandeln nicht Sache der Worte allein, die zu uns gesprochen werden, es ist vor allem Sache unserer eigenen Bereitschaft:

„Kein Buch, sowenig wie ein Zuspruch vermag etwas Entscheidendes, wenn der, den es trifft, nicht durch ganz Unabsehliches vorbereitet ist für eine tiefere Aufnahme und Empfängnis: wenn nicht seine Stunde der Einkehr ohnehin gekommen ist. *Die* in die Mitte des Bewußtseins zu rücken, genügt dann das oder dies: manchmal ein Buch oder ein Kunstding, manchmal der Aufblick eines Kindes, die Stimme eines Menschen oder eines Vogels, ja, unter Umständen ein Geräusch des Windes, ein Krachen im Fußboden ... oder ein Hineinschauen in die Verwandlungen der Flamme" (Briefe 1921).

Aber wer weiß es denn, ob ihn eine derart beglückende Stunde je im Leben trifft? Auch der Dichter konnte sich nur ahnend dafür öffnen und durfte sie dann immer wieder überraschend erfahren. Gehen wir mit ihm auf die Suche. Der Gegenstand ist ungewiß, aber die Richtung wird gewiesen. Wie ein weiser Lehrer nimmt Rainer Maria Rilke den Leser an die Hand. Er zwingt niemandem eine Wahrheit auf, sondern läßt den Adressaten teilnehmen am eigenen Prozeß des Erschreckens, des Erkennens, des Mitleidens und der liebenden Zuwendung. Nie ist er der Überlegene, der Wissende, von oben herab Belehrende, vielmehr zeigt er uns in tiefer Demut und eigener Betroffenheit „zitternd einen neuen Griff". Die Tiefe des Neuerkannten gründet in der großen Leidensfähigkeit des Dichters, die Kühnheit in der Weite seiner Weltsicht. Auf seine leise Stimme horchend, können wir Grenzen eines zu engen Rationalismus erweitern und Fesseln leidvoller Depression lösen: „Gewissen Gefangenen, von denen die Geschichte weiß, ist es so gegangen, daß sie in den Tagen vollkommener äußerer Entbehrung in der Tiefe ihres Wesens sich selbst und die unerschöpflichste Freiheit errangen“ (Briefe 1915).

Mit Rainer Maria Rilke sehen und hören lernend, werden wir empfänglicher für die Schönheit der Natur und der kleinsten Alltäglichkeiten, aber auch empfindsamer für das Elend der großen Städte und die Armut ihrer Massen. In seiner Deutung erhalten schwere, notvolle Schicksale und Einsamkeiten einen neuen, positiven Sinn, wird der Tod zur Vollendung des irdischen Daseins. In den großen Zusammenhängen diesseitiger und jenseitiger Dimensionen stehend, kann der Verwandelte als liebendes Werkzeug in Gottes Händen Vollender der Dinge werden.

Adelheid Nießen

„Gib mir noch eine kleine Weile Zeit:
ich will die Dinge so wie keiner lieben
bis sie dir alle würdig sind und weit.

Ich will nur sieben Tage, sieben
auf die sich keiner noch geschrieben,
sieben Seiten Einsamkeit.

Wem du das Buch gibst, welches die umfaßt,
der wird gebückt über den Blättern bleiben.
Es sei denn, daß du ihn in Händen hast,
um selbst zu schreiben.“ *Stundenbuch*

I

Ist es möglich?
Ja, es ist möglich.

Einsicht
und Erschrecken

Ich glaube, im Boot, das vorüberfuhr,
hörte ich etwas Banges sagen.
Im Hause hat eine Uhr
geschlagen –
In welchem Haus? –

Buch der Bilder

Es ist lächerlich. Ich sitze hier in meiner kleinen Stube, ich, Brigge, der achtundzwanzig Jahre alt geworden ist und von dem niemand weiß. Ich sitze hier und bin nichts. Und dennoch, dieses Nichts fängt an zu denken und denkt, fünf Treppen hoch, an einem grauen Pariser Nachmittag diesen Gedanken:

Ist es möglich, denkt es, daß man noch nichts Wirkliches und Wichtiges gesehen, erkannt und gesagt hat? Ist es möglich, daß man Jahrtausende Zeit gehabt hat, zu schauen, nachzudenken und aufzuzeichnen, und daß man die Jahrtausende hat vergehen lassen wie eine Schulpause, in der man sein Butterbrot ißt und einen Apfel?

Ja, es ist möglich.

Ist es möglich, daß man trotz Erfindungen und Fortschritten, trotz Kultur, Religion und Weltweisheit an der Oberfläche des Lebens geblieben ist?...

Ja, es ist möglich.

Ist es möglich, daß die ganze Weltgeschichte mißverstanden worden ist? Ist es möglich, daß die Vergangenheit falsch ist, weil man immer von ihren Massen gesprochen hat, gerade, als ob man von einem Zusammenlauf vieler Menschen erzählte, statt von dem Einen zu sagen, um den sie herumstanden, weil er fremd war und starb?

Ja, es ist möglich …

Wenn aber dieses alles möglich ist, auch nur einen Schein von Möglichkeit hat, – dann muß ja, um alles in der Welt, etwas geschehen. Der Nächstbeste, der, welcher diesen beunruhigenden Gedanken gehabt hat, muß anfangen, etwas von dem Versäumten zu tun; wenn es auch nur irgend einer ist, durchaus nicht der Geeignetste: es ist eben kein anderer da. Dieser junge, belanglose Ausländer, Brigge, wird sich fünf Treppen hoch hinsetzen müssen und schreiben, Tag und Nacht. Ja er wird schreiben müssen, das wird das Ende sein.

Malte

Was in Malte Laurids Brigge ausgesprochen eingelitten steht, das ist ja eigentlich nur *dies*, mit allen Mitteln und immer wieder von vorn und an allen Beweisen dies: *Dies*, wie ist es möglich zu leben, wenn doch die Elemente dieses Lebens uns völlig unfaßlich sind? Wenn wir immerfort im Lieben unzulänglich, im Entschließen unsicher und dem Tode gegenüber unfähig sind, wie ist es möglich dazusein? Ich bin nicht durchgekommen, in diesem unter der tiefsten inneren Verpflichtung geleisteten Buch, mein ganzes Staunen auszuschreiben darüber, daß die Menschen seit Jahrtausenden mit Leben umgehen (von Gott gar nicht zu reden) und dabei diesen ersten umittelbarsten, ja genau genommen einzigen Aufgaben: (denn was haben wir anderes zu tun, noch heute und wie lange noch?) so neulinghaft ratlos, so zwischen Schrecken und Ausrede, so armselig gegenüberstehen. Ist das nicht unbegreiflich? Meine Verwunderung über diese Tatsache drängt mich, sooft ich mich ihr überlasse, zunächst in die größte Bestürzung hinein und weiter in eine Art Grauen, aber auch hinter dem Grauen ist etwas Nächstes und Übernächstes, etwas so Intensives, daß ich mit dem Gefühl nicht zu entscheiden vermöchte, ob es glühend oder eisig sei. Ich habe schon einmal, vor Jahren, über den Malte jemandem, den dieses Buch erschreckt hatte, zu schreiben versucht, daß ich es selbst manchmal wie eine hohle Form, wie ein Negativ empfände, dessen alle Mulden und Vertiefungen Schmerz sind, Trostlosigkeiten und weheste Einsicht, der Ausguß davon aber, wenn es möglich wäre einen herzustellen (wie bei einer Bronze die positive Figur, die man daraus gewönne) wäre vielleicht Glück, Zustimmung; – genaueste und sicherste Seligkeit. *Briefe (1915)*

Die Leute haben (mit Hilfe von Konventionen) alles nach dem Leichten hin gelöst und nach des Leichten leichtester Seite; es ist aber klar, daß wir uns an das Schwere halten müssen; alles Lebendige hält sich daran, alles in der Natur wächst und wehrt sich nach seiner Art und ist ein Eigenes aus sich heraus, versucht es um jeden Preis zu sein und gegen allen Widerstand. Wir wissen wenig, aber daß wir uns zu Schwerem halten müssen, ist eine Sicherheit, die uns nicht verlassen wird; es ist gut, einsam zu sein, denn Einsamkeit ist schwer; daß etwas schwer ist, muß uns ein Grund mehr sein, es zu tun. *Briefe (1904)*

Wir führen die Flüsse zu unseren Fabriken hin, aber sie wissen nicht von den Maschinen, die sie treiben. Wir spielen mit dunklen Kräften, die wir mit unseren Namen nicht erfassen können, wie

Kinder mit dem Feuer spielen, und es scheint einen Augenblick, als hätte alle Energie bisher ungebraucht in den Dingen gelegen, bis wir kamen, um sie auf unser flüchtiges Leben und seine Bedürfnisse anzuwenden. Aber immer und immer wieder in Jahrtausenden schütteln die Kräfte ihren Namen ab und erheben sich, wie ein unterdrückter Stand, gegen ihre kleinen Herren, ja nicht einmal *gegen* sie, – sie stehen einfach auf, und die Kulturen fallen von den Schultern der Erde, die wieder groß ist und weit und allein mit ihren Meeren, Bäumen und Sternen.

Was bedeutet es, daß wir die äußerste Oberfläche der Erde verändern, daß wir ihre Wälder und Wiesen ordnen und aus ihrer Rinde Kohlen und Metalle holen, daß wir die Früchte der Bäume empfangen, als ob sie für uns bestimmt wären, wenn wir uns daneben einer einzigen Stunde erinnern, in welcher die Natur handelte über uns, über unser Hoffen, über unser Leben hinweg, mit jener erhabenen Hoheit und Gleichgültigkeit, von der alle ihre Gebärden erfüllt sind. Sie weiß nichts von uns. Und was die Menschen auch erreicht haben mögen, es war noch keiner so groß, daß sie teilgenommen hätte an seinem

Schmerz, daß sie eingestimmt hätte in seine Freude. *Worpswede*

Wir müssen unser Dasein so *weit*, als es irgend geht, annehmen; alles, auch das Unerhörte, muß darin möglich sein. Das ist im Grunde der einzige Mut, den man von uns verlangt: mutig zu sein zu dem Seltsamsten, Wunderlichsten und Unaufklärbarsten, das uns begegnen kann. Daß die Menschen in diesem Sinne feige waren, hat dem Leben unendlichen Schaden getan; die Erlebnisse, die man ‚Erscheinungen' nennt, die ganze sogenannte ‚Geisterwelt', der Tod, alle diese uns so anverwandten Dinge, sind durch die tägliche Abwehr aus dem Leben so sehr hinausgedrängt worden, daß die Sinne, mit denen wir sie fassen könnten, verkümmert sind. *Briefe (1904)*

Denn es ist nicht die Trägheit allein, welche macht, daß die menschlichen Verhältnisse sich so unsäglich eintönig und unerneut von Fall zu Fall wiederholen, es ist die Scheu vor irgendeinem neuen, nicht absehbaren Erlebnis, dem man sich nicht gewachsen glaubt. Aber nur wer auf alles gefaßt ist, wer nichts, auch das Rätselhafteste nicht, ausschließt, wird die Beziehung zu einem anderen als etwas Lebendiges leben und wird selbst sein eigenes Dasein ausschöpfen. *Briefe (1904)*

Wir aber sind nicht Gefangene. Nicht Fallen und Schlingen sind um uns aufgestellt, und es gibt nichts, was uns ängstigen oder quälen sollte. Wir sind ins Leben gesetzt, als in das Element, dem wir am meisten entsprechen... Wir haben keinen Grund, gegen unsere Welt Mißtrauen zu haben, denn sie ist nicht gegen uns. Hat sie Schrekken, so sind es *unsere* Schrecken, hat sie Abgründe, so gehören diese Abgründe uns, sind Gefahren da, so müssen wir versuchen, sie zu lieben. *Briefe (1904)*

Ich möchte Sie, so gut ich es kann, bitten, ... Geduld zu haben gegen alles Ungelöste in Ihrem Herzen und zu versuchen, *die Fragen selbst* liebzuhaben... Forschen Sie jetzt nicht nach den Antworten, die Ihnen nicht gegeben werden können, weil Sie sie nicht leben könnten. Und es handelt sich darum, alles zu *leben*. Leben Sie jetzt die Fragen. Vielleicht leben Sie dann allmählich, ohne es zu merken, eines fernen Tages in die Antwort hinein... – aber nehmen Sie das, was kommt, in großem Vertrauen hin, und wenn es nur aus Ihrem Willen kommt, aus irgendeiner Not Ihres Innern, so nehmen Sie es auf sich und hassen Sie nichts.

Briefe (1903)

Ich weiß, Ihr Beruf ist hart und voll Widerspruch gegen Sie, und ich sah Ihre Klage voraus und wußte, daß sie kommen würde. Nun sie gekommen ist, kann ich Sie nicht beruhigen, ich kann Ihnen nur raten, zu überlegen, ob nicht alle Berufe so sind, voll von Ansprüchen, voll Feindschaft gegen den einzelnen, vollgesogen gleichsam mit dem Haß derer, die sich stumm und mürrisch in die nüchterne Pflicht gefunden haben. Der Stand, in dem Sie jetzt leben müssen, ist nicht schwerer mit Konventionen, Vorurteilen und Irrtümern belastet als alle die anderen Stände, und wenn es welche gibt, die eine größere Freiheit zur Schau tragen, so gibt es doch keinen, der in sich weit und geräumig und mit den großen Dingen, aus denen das wirkliche Leben besteht, in Beziehung ist. Nur der einzelne, der einsam ist, ist wie ein Ding unter die tiefen Gesetze gestellt, und wenn einer hinausgeht in den Morgen, der anhebt, oder hinaus in den Abend schaut, der voll Ereignis ist, und wenn er fühlt, was da geschieht, so fällt aller Stand von ihm ab, wie von einem Toten, obwohl er mitten in lauter Leben steht. *Briefe (1903)*

Wenn keine Gemeinsamkeit zwischen den Menschen ist und Ihnen, versuchen Sie es, den Dingen nahe zu sein, die Sie nicht verlassen werden; noch sind die Nächte da und die Winde, die durch die Bäume gehn und über viele Länder; noch ist unter den Dingen und bei den Tieren alles voll Geschehen, daran Sie teilnehmen dürfen; und die Kinder sind noch so, wie Sie gewesen sind als Kind, so traurig und glücklich – und wenn Sie an Ihre Kindheit denken, dann leben Sie wieder unter ihnen, unter den einsamen Kindern, und die Erwachsenen sind nichts, und ihre Würde hat keinen Wert. *Briefe (1903)*

Und wenn man eines Tages einsieht, daß ihre Beschäftigung armselig, ihre Berufe erstarrt und mit dem Leben nicht mehr verbunden sind, warum dann nicht weiter wie ein Kind darauf hinsehen als auf ein Fremdes, aus der Tiefe der eigenen Welt heraus, aus der Weite der eigenen Einsamkeit, die selber Arbeit ist und Rang und Beruf?

Warum eines Kindes weises Nicht-Verstehen vertauschen wollen gegen Abwehr und Verachtung, da doch Nicht-Verstehen Alleinsein ist, Abwehr und Verachtung aber Teilnahme an dem, wovon man sich mit diesen Mitteln scheiden will? *Briefe (1903)*

Und manchmal war bei einem Kinde ein großes Stück von deinem Sinn. *Stundenbuch*

Das, was mir das erste, tiefe Entsetzen eingejagt hatte, wenn ich als Kind im Fieber lag: das Große. Ja, so hatte ich immer gesagt, wenn sie alle um mein Bett standen und mir den Puls fühlten und mich fragten, was mich erschreckt habe:

Das Große. Und wenn sie den Doktor holten und er war da und redete mir zu, so bat ich ihn, er möchte nur machen, daß das Große wegginge, alles andere wäre nichts. Aber er war wie die andern. Er konnte es nicht fortnehmen, obwohl ich damals doch klein war und mir leicht zu helfen gewesen wäre. Und jetzt war es wieder da. Es war später einfach ausgeblieben, auch in Fiebernächten war es nicht wiedergekommen, aber jetzt war es da, obwohl ich kein Fieber hatte. Jetzt war es da. Jetzt wuchs es aus mir heraus wie eine Geschwulst, wie ein zweiter Kopf, und war ein Teil von mir, obwohl es doch gar nicht zu mir gehören konnte, weil es so groß war. *Malte*

Noch eine Weile kann ich das alles aufschreiben und sagen. Aber es wird ein Tag kommen, da meine Hand weit von mir sein wird, und wenn ich sie schreiben heißen werde, wird sie Worte schreiben, die ich nicht meine. Die Zeit der anderen Auslegung wird anbrechen, und es wird kein Wort auf dem anderen bleiben, und jeder Sinn wird wie Wolken sich auflösen und wie Wasser niedergehen. Bei aller Furcht bin ich schließlich doch wie einer, der vor etwas Großem steht, und ich erinnere mich, daß es früher oft ähnlich in mir war, ehe ich zu schreiben begann. Aber diesmal werde ich geschrieben werden. Ich bin der Eindruck, der sich verwandeln wird. Oh, es fehlt nur ein kleines, und ich könnte das alles begreifen und gutheißen. Nur ein Schritt, und mein tiefes Elend würde Seligkeit sein. Aber ich kann diesen Schritt nicht tun, ich bin gefallen und kann mich nicht mehr aufheben, weil ich zerbrochen bin. Ich habe ja immer noch geglaubt, es könnte eine Hülfe kommen. *Malte*

II

Ich lerne sehen

Schönheit und Vergänglichkeit des Seins

Und wir: Zuschauer, immer überall,
dem allen zugewandt und nie hinaus!
Uns überfüllt's. Wir ordnen's. Es zerfällt.
Wir ordnen's wieder und zerfallen selbst.

8. Duineser Elegie

Ich liebe diese Stunde, die anders ist, kommt und geht. Nein, nicht die Stunde, diesen Augenblick liebe ich, der so still ist. Diesen Anfangs-Augenblick, diese Initiale der Stille, diesen ersten Stern, diesen Anfang. Dieses Etwas in mir, das aufsteht, wie junge Mädchen aufstehn in ihrer weißen Mansarde. In der weißen Mansarde, in der sie wohnen, seit sie erwachsen sind... Nun aber ist die weiße Mansarde das Leben und wenn man am Morgen an das immer offene Fenster tritt, so sieht man die Welt. Große Bäume sieht man, die immer noch wachsen, Vögel sieht man und große Zweige schwanken von ihrem Abflug und es ist, als wäre der Wind in einem Tier und in den Stämmen die Stille.

Ich liebe diesen Wind, diesen weiten verwandelnden Wind, der dem Frühling vorangeht, ich liebe das Geräusch dieses Windes und seine ferne Gebärde, die mitten durch alle Dinge geht als wären sie nicht.

Diese Nacht liebe ich. Nein, nicht diese Nacht, diesen Nachtanfang, diese eine lange Anfangszeile der Nacht, die ich nicht lesen werde, weil sie kein Buch für Anfänger ist. Diesen Augenblick liebe ich, der nun vorüber ist und von dem ich, da er verging, fühlte, daß er erst sein wird. *Fragment von den Einsamen*

Ich lerne sehen. Ich weiß nicht, woran es liegt, es geht alles tiefer in mich ein und bleibt nicht an der Stelle stehen, wo es sonst immer zu Ende war. Ich habe ein Inneres, von dem ich nicht wußte. Alles geht jetzt dorthin. Ich weiß nicht, was dort geschieht. *Malte*

Die Arbeiten, von denen ich Ihnen einige werde zeigen dürfen, gehen irgendwie aus der Überzeugung hervor, daß es eine eigene berechtigte Aufgabe sei, die Weite,
Vielfältigkeit
ja Vollzähligkeit der Welt
in reinen Beweisen vorzuführen.

Denn: ja! zu einem derartigen Zeugnis hoffte ich mir das Gedicht zu erziehen, das mir fähig werden sollte alle Erscheinung,

nicht nur das Gefühlsmäßige allein,
lyrisch zu begreifen –:

Das Tier,
die Pflanze,
jeden Vorgang; –
ein Ding

in seinem eigentümlichen Gefühls-Raum darzustellen. *Vorlesung aus eigenen Werken (1919)*

Im Walde, beim rabenau'schen Erbbegräbnis, habe ich einen Fuchs gesehen, der schlank und wild an mir vorbeisprang, das Gesicht mit den raschen Augen voll mir zugekehrt... *Briefe (1905)*

Weißt Du aber, was mir die Hauptsache dabei war, lieber Helmuth: daß ich wieder mal sah, daß die meisten Menschen die Dinge in der Hand halten, um damit irgendeine Dummheit zu machen (wie zum Beispiel sich zu kitzeln mit Pfauenfedern), statt sich jedes Ding gut anzusehen und statt jedes um die Schönheit zu fragen, die es besitzt. So kommt es, daß die meisten Menschen gar nicht wissen, wie schön die Welt ist und wieviel Pracht in den kleinsten Dingen, in irgendeiner Blume, einem Stein, einer Baumrinde oder einem Birkenblatt sich offenbart. Die erwachsenen Menschen, die Geschäfte und Sorgen haben und sich mit lauter Kleinigkeiten quälen, verlieren allmählich ganz den Blick für diese Reichtümer, welche die Kinder, wenn sie aufmerksam und gut sind, bald bemerken und mit dem ganzen Herzen lieben.

Und doch wäre es das Schönste, wenn alle Menschen in dieser Beziehung immer wie aufmerksame und gute Kinder bleiben wollten, einfältig und fromm im Gefühl, und wenn sie die Fähigkeit nicht verlieren würden, sich an einem Birkenblatt oder an der Feder eines Pfauen oder an der Schwinge einer Nebelkrähe so innig zu freuen wie an einem großen Gebirge oder einem prächtigen Palast. Das Kleine ist ebensowenig klein, als das Große – groß ist. Es geht eine große und ewige Schönheit durch die ganze Welt, und diese ist gerecht über den kleinen und großen Dingen verstreut; denn es gibt im Wichtigen und Wesentlichen keine Ungerechtigkeit auf der ganzen Erde.

Das, lieber Helmuth, hängt alles ein wenig zusammen mit dem Gedicht von der Pfauenfeder, in dem ich nur schlecht ausdrücken konnte, was ich meinte. Ich war damals noch sehr jung. Jetzt aber weiß ich es mit jedem Jahr besser und kann den Menschen immer besser sagen, daß sehr viel Schönes auf der Welt ist – fast nur Schönes.

Briefe (1901)

Der Panther

Im Jardin des Plantes, Paris

Sein Blick ist vom Vorübergehn der Stäbe
so müd geworden, daß er nichts mehr hält.
Ihm ist, als ob es tausend Stäbe gäbe
und hinter tausend Stäben keine Welt.
Der weiche Gang geschmeidig starker Schritte,
der sich im allerkleinsten Kreise dreht,
ist wie ein Tanz von Kraft um eine Mitte,
in der betäubt ein großer Wille steht.

Nur manchmal schiebt der Vorhang der Pupille
sich lautlos auf –. Dann geht ein Bild hinein,
geht durch der Glieder angespannte Stille –
und hört im Herzen auf zu sein.

Neue Gedichte

Blaue Hortensie

So wie das letzte Grün in Farbentiegeln
sind diese Blätter, trocken, stumpf und rauh,
hinter den Blütendolden, die ein Blau
nicht auf sich tragen, nur von ferne spiegeln.

Sie spiegeln es verweint und ungenau,
als wollten sie es wiederum verlieren,
und wie in alten blauen Briefpapieren
ist Gelb in ihnen, Violett und Grau;

Verwaschnes wie an einer Kinderschürze,
Nichtmehrgetragnes, dem nichts
mehr geschieht:
wie fühlt man eines kleinen Lebens Kürze.

Doch plötzlich scheint das Blau
sich zu verneuen
in einer von den Dolden, und man sieht
ein rührend Blaues sich vor Grünem freuen.

Neue Gedichte

Das Rosen-Innere

Wo ist zu diesem Innen
ein Außen? Auf welches Weh
legt man solches Linnen?
Welche Himmel spiegeln sich drinnen
in dem Binnensee
dieser offenen Rosen,
dieser sorglosen, sieh:

wie sie lose im Losen
liegen, als könnte nie
eine zitternde Hand sie verschütten.
Sie können sich selber kaum
halten; viele ließen
sich überfüllen und fließen
über von Innenraum
in die Tage, die immer
voller und voller sich schließen,
bis der ganze Sommer ein Zimmer
wird, ein Zimmer in einem Traum.

Neue Gedichte

Wer nennt euch alle, ihr Mitschuldigen der Begeisterung, die ihr nichts als Geräusche seid, oder Glocken, die aufhören, oder wunderlich neue Vogelstimmen im vernachlässigten Gehölz. Oder Glanz, den ein aufgehendes Fenster hinauswirft in den schwebenden Morgen; oder abstürzendes Wasser; oder Luft; oder Blicke. Zufällige Blicke Vorübergehender, Aufblicke von Frauen, die am Fenster nähen, bis herunter zum unsäglich besorgten Umschaun hockender bemühter Hunde, so nahe am Ausdruck der Schulkinder. Welche Verabredung, Größe hervorzurufen, geht durch den kleinlichsten Alltag. Vorgänge, so gleichgültig, daß sie nicht imstande wären, das nachgiebigste Schicksal um ein Zehntausendstel zu verschieben –, siehe: hier winken sie, und die göttliche Zeile tritt über sie fort ins Ewige. *Über den jungen Dichter (1913)*

Ich denke an den Sonnenaufgang ... und wünsche mir soviel Fassung in mein Herz, solchen Gegenständen gegenüber dazusein, still, aufmerksam, als ein Seiendes, Schauendes, Um-sich-nicht-Besorgtes ... *Briefe (1912)*

Ach zwischen mir und diesem Vogellaut:
was war verabredet?
Ich weiß nicht mehr, –
ach zwischen mir und diesem Vogellaut.

Nein nein, der klang nicht nur aus Regennäh,
nicht nur aus Gartenüberfluß, nicht nur
weil andere Vögel gerne Vögel hören.

Jetzt sollte irgend ein Gefühl in mir
anheben – welches, welches? Übereinkunft.
Zu alte Übereinkunft. Ach aus solchem
Vergessenhaben wird die Zeit...

Rom, Ende März 1910: Entwürfe

Im Gedicht „Der Tod" aber ist zuletzt der Moment aufgerufen, da mir (ich stand nachts auf der wunderbaren Brücke von Toledo) ein in gespanntem langsamen Bogen durch den Weltenraum fallenden Stern zugleich (wie soll ich das sagen?) durch den Innen-Raum fiel: der trennende Kontur des Körpers war nicht mehr da. Und wie hier durch das Auge, so war mir schon früher einmal durch das Gehör diese Einheit angekündigt worden –: auf Capri einmal, als ich nachts im Garten stand, unter den Ölbäumen, und der Ruf eines Vogels, über dem ich die Augen schließen mußte, war gleichzeitig in mir und draußen wie in einem einzigen ununterschiedenen Raum von vollkommener Ausdehnung und Klarheit! *Briefe (1919)*

Der gewöhnliche Mensch, der mit den Menschen lebt und die Natur nur so weit sieht, als sie sich auf ihn bezieht, wird dieses rätselhaften und unheimlichen Verhältnisses selten gewahr. Er sieht die Oberfläche der Dinge, die er und seinesgleichen seit Jahrhunderten geschaffen haben, und glaubt gerne, die ganze Erde nehme an ihm teil, weil man ein Feld bebauen, einen Wald lichten und einen Fluß schiffbar machen kann. Sein Auge, welches fast nur auf Menschen eingestellt ist, sieht die Natur nebenbei mit, als ein Selbstverständliches und Vorhandenes, das soviel als möglich ausgenutzt werden muß. Anders schon sehen Kinder die Natur; einsame Kinder besonders, welche unter Erwachsenen aufwachsen, schließen sich ihr mit einer Art von Gleichgesinntheit an und leben in ihr, ähnlich den kleinen Tieren, ganz hingegeben an die Ereignisse des Waldes und des Himmels und in einem unschuldigen, scheinbaren Einklang mit ihnen. *Worpswede*

Abend

Der Abend wechselt langsam die Gewänder,
die ihm ein Rand von alten Bäumen hält;
du schaust: und von dir scheiden sich
die Länder,
ein himmelfahrendes und eins, das fällt;

und lassen dich, zu keinem ganz gehörend,
nicht ganz so dunkel wie das Haus,
das schweigt,
nicht ganz so sicher Ewiges beschwörend
wie das, was Stern wird jede Nacht und steigt –

und lassen dir (unsäglich zu entwirrn)
dein Leben bang und riesenhaft und reifend,
so daß es, bald begrenzt und bald begreifend,
abwechselnd Stein in dir wird und Gestirn.

Buch der Bilder

Habe ich es schon gesagt? Ich lerne sehen. Ja, ich fange an. Es geht noch schlecht. Aber ich will meine Zeit ausnutzen.

Daß es mir zum Beispiel niemals zum Bewußtsein gekommen ist, wieviel Gesichter es gibt. Es gibt eine Menge Menschen, aber noch viel mehr Gesichter, denn jeder hat mehrere. Da sind Leute, die tragen ein Gesicht jahrelang, natürlich nutzt es sich ab, es wird schmutzig, es bricht in den Falten, es weitet sich aus wie Handschuhe, die man auf der Reise getragen hat. Das sind sparsame, einfache Leute; sie wechseln es nicht, sie lassen es nicht einmal reinigen. Es sei gut genug, behaupten sie, und wer kann ihnen das Gegenteil nachweisen? Nun fragt es sich freilich, da sie mehrere Gesichter haben, was tun sie mit den andern? Sie heben sie auf. Ihre Kinder sollen sie tragen. Aber es kommt auch vor, daß ihre Hunde damit ausgehen. Weshalb auch nicht? Gesicht ist Gesicht. *Malte*

Nur die Dinge reden zu mir. Rodins Dinge, die Dinge an den gotischen Kathedralen, die antikischen Dinge, – alle Dinge, die vollkommene

Dinge sind. Sie wiesen mich auf die Vorbilder hin; auf die bewegte, lebendige Welt, einfach und ohne Deutung gesehen als Anlaß zu Dingen. Ich fange an, Neues zu sehen: schon sind mir Blumen oft so unendlich viel, und aus Tieren kamen mir Anregungen seltsamer Art. Und auch Menschen erfahre ich schon manchmal so, Hände leben irgendwo, Munde reden, und ich schaue alles ruhiger und mit größerer Gerechtigkeit.

Briefe (1903)

Über Rodin

Immer ist ihm das, was er schaut und mit Schauen umgibt, das Einzige, die Welt, auf der alles geschieht; wenn er eine Hand bildet, so ist sie im Raum allein, und es ist nichts außer einer Hand; und Gott hat in sechs Tagen nur eine Hand gemacht und hat die Wasser um sie ausgegossen und die Himmel gebogen über sie; und hat geruht über ihr, als alles vollendet war, und es war eine Herrlichkeit und eine Hand.

Briefe (1903)

Römische Fontäne

Borghese

Zwei Becken, eins das andre übersteigend
aus einem alten runden Marmorrand,
und aus dem oberen Wasser leis sich neigend
zum Wasser, welches unten wartend stand,

dem leise redenden entgegenschweigend
und heimlich, gleichsam in der hohlen Hand,
ihm Himmel hinter Grün und Dunkel zeigend
wie einen unbekannten Gegenstand;

sich selber ruhig in der schönen Schale
verbreitend ohne Heimweh, Kreis aus Kreis,
nur manchmal träumerisch und tropfenweis

sich niederlassend an den Moosbehängen
zum letzten Spiegel, der sein Becken leis
von unten lächeln macht mit Übergängen.

Neue Gedichte

Spanische Tänzerin

Wie in der Hand ein Schwefelzündholz, weiß,
eh es zur Flamme kommt, nach allen Seiten
zuckende Zungen streckt –: beginnt im Kreis
naher Beschauer hastig, hell und heiß
ihr runder Tanz sich zuckend auszubreiten.

Und plötzlich ist er Flamme, ganz und gar.

Mit einem Blick entzündet sie ihr Haar
und dreht auf einmal mit gewagter Kunst
ihr ganzes Kleid in diese Feuersbrunst,
aus welcher sich, wie Schlangen die erschrecken,
die nackten Arme wach und klappernd strecken.
Und dann: als würde ihr das Feuer knapp,
nimmt sie es ganz zusamm und wirft es ab
sehr herrisch, mit hochmütiger Gebärde
und schaut: da liegt es rasend auf der Erde
und flammt noch immer und ergibt sich nicht –.

Doch sieghaft, sicher und mit einem süßen
grüßenden Lächeln hebt sie ihr Gesicht
und stampft es aus mit kleinen festen Füßen.

Neue Gedichte

Ich bin schon überall herumgekommen, hab mir alles eingeprägt, als sollt ichs morgen für immer wissen, die Brücken, beide Brücken, diesen Fluß und, über ihn hinüber verlegt, diese offene Menge der Landschaft, übersehbar wie etwas, woran noch gearbeitet wird. Und dieses Glück der ersten Wege, die man versucht, dieses unbeschreiblich sichere Genommen- und Geführtsein. *Briefe (1912)*

Es muß dies eine von jenen Tagesfrühen gewesen sein, wie es solche im Juli gibt, neue, ausgeruhte Stunden, in denen überall etwas Frohes, Unüberlegtes geschieht. Aus Millionen kleinen ununterdrückbaren Bewegungen setzt sich ein Mosaik überzeugtesten Daseins zusammen; die Dinge schwingen ineinander hinüber und hinaus in die Luft, und ihre Kühle macht den Schatten klar und die Sonne zu einem leichten, geistigen Schein. Da gibt es im Garten keine Hauptsache; alles ist überall, und man müßte in allem sein, um nichts zu versäumen. *Malte*

Dort gibt es verkommene Disteln mit kleinen violetten, traurigen Köpfen, Disteln, die so, ohne zu überlegen, in die Höhe gewachsen sind, Birken sind dort, die ganz schütter sind, und vielleicht sind sie's den ganzen Sommer gewesen –, aber jetzt sieht es aus, als wären sie mit Absicht und Freude so, und die Wolken ziehn hinter ihnen, und man sieht alles durch sie durch, was in den Himmeln geschieht. Und es geht so ein nachdenklicher, welker Duft umher wie von Blumen, die die Sonne getrocknet und die der Wind gepreßt hat, und es ist Herbst. Und deshalb gehe ich jetzt oft dort auf und nieder und meide den Platz unterm Nußbaum und alle meine sommerlichen Wege; denn ich will den Herbst! *Briefe (1904)*

Herbsttag

Herr: es ist Zeit. Der Sommer war sehr groß.
Leg deinen Schatten auf die Sonnenuhren,
und auf den Fluren laß die Winde los.

Befiel den letzten Früchten voll zu sein;
gib ihnen noch zwei südlichere Tage,

dränge sie zur Vollendung hin und jage
die letzte Süße in den schweren Wein.

Wer jetzt kein Haus hat, baut sich keines mehr.
Wer jetzt allein ist, wird es lange bleiben,
wird wachen, lesen, lange Briefe schreiben
und wird in den Alleen hin und her
unruhig wandern, wenn die Blätter treiben.

Buch der Bilder

Herbst

Die Blätter fallen, fallen wie von weit,
als welkten in den Himmeln ferne Gärten;
sie fallen mit verneinender Gebärde.

Und in den Nächten fällt die schwere Erde
aus allen Sternen in die Einsamkeit.

Wir alle fallen. Diese Hand da fällt.
Und sieh dir andre an: es ist in allen.

Und doch ist Einer, welcher dieses Fallen
unendlich sanft in seinen Händen hält.

Buch der Bilder

III

Denn, Herr, die großen Städte

Not und Größe des Alltäglichen

Ist das die Angst, in der ich bin?
die tiefe Angst der übergroßen Städte,
in die du mich gestellt hast bis ans Kinn?

Stundenbuch

Denn, Herr, die großen Städte sind
verlorene und aufgelöste;
wie Flucht vor Flammen ist die größte, –
und ist kein Trost, daß er sie tröste,
und ihre kleine Zeit verrinnt.

Da leben Menschen, leben schlecht und schwer,
in tiefen Zimmern, bange von Gebärde,
geängsteter denn eine Erstlingsherde;
und draußen wacht und atmet deine Erde,
sie aber sind und wissen es nicht mehr.

Da wachsen Kinder auf an Fensterstufen,
die immer in demselben Schatten sind,
und wissen nicht, daß draußen Blumen rufen
zu einem Tag voll Weite, Glück und Wind, –
und müssen Kind sein und sind traurig Kind.

Da blühen Jungfraun auf zum Unbekannten
und sehnen sich nach ihrer Kindheit Ruh;
das aber ist nicht da, wofür sie brannten,
und zitternd schließen sie sich wieder zu.
Und haben in verhüllten Hinterzimmern
die Tage der enttäuschten Mutterschaft,
der langen Nächte willenloses Wimmern
und kalte Jahre ohne Kampf und Kraft.

Und ganz im Dunkel stehn die Sterbebetten,
und langsam sehnen sie sich dazu hin;
und sterben lange, sterben wie in Ketten
und gehen aus wie eine Bettlerin. *Stundenbuch*

Ich bin in Paris, die es hören freuen sich, die meisten beneiden mich. Sie haben recht. Es ist eine große Stadt, groß, voll merkwürdiger Versuchungen. Was mich betrifft, ich muß zugeben, daß ich ihnen in gewisser Beziehung erlegen bin. Ich glaube, es läßt sich nicht anders sagen. Ich bin diesen Versuchungen erlegen, und das hat gewisse Veränderungen zur Folge gehabt, wenn nicht in meinem Charakter, so doch in meiner Weltanschauung, jedenfalls in meinem Leben. Eine vollkommen andere Auffassung aller Dinge hat sich unter diesen Einflüssen in mir herausgebildet, es sind gewisse Unterschiede da, die mich von den Menschen mehr als alles Bisherige abtrennen. Eine veränderte Welt. Ein neues Leben voll neuer Bedeutungen. Ich habe es augenblicklich etwas schwer, weil alles zu neu ist. Ich bin ein Anfänger in meinen eigenen Verhältnissen. *Malte*

Welche Wirklichkeit in dieser Stadt, immer wieder staun ichs an, wie steht der Schmerz da, das Elend, das Grauen, jedes wie ein Strauch und blüht. Und jeder Stein im Pflaster ist einem vertrauter als irgendwo anders ein Kissen, ist ein Stein ganz und gar, hart anzufühlen, aber doch wie abstammend von dem Steine, den Jakob unter sein Haupt geschoben hat. *Briefe (1913)*

Ich bin immer unterwegs gewesen. Weiß der Himmel in wie vielen Städten, Stadtteilen, Friedhöfen, Brücken und Durchgängen. Irgendwo habe ich einen Mann gesehen, der einen Gemüsewagen vor sich herschob. Er schrie: Chou-fleur, Chou-fleur, das fleur mit eigentümlich trüben eu. Neben ihm ging eine eckige, häßliche Frau, die ihn von Zeit zu Zeit anstieß. Und wenn sie ihn anstieß, so schrie er. Manchmal schrie er auch von selbst, aber dann war es umsonst gewesen, und er mußte gleich darauf wieder schreien, weil man vor einem Hause war, welches kaufte. Habe ich schon gesagt, daß er blind war? Nein? Also er war blind. Er war blind und schrie. *Malte*

Denn, Herr, die großen Städte ...

Nicht allein weil sie viele Menschen umfassen und Gruppen von Menschen, viele Häuser, Dinge und Tiere, nicht allein deshalb sind die großen Städte so groß. Sie schließen auch viele Gärten ein, Gärten, die einmal außerhalb ihrer Mauern im Lande lagen und die nun unter den gedrängten Dingen immer noch ihre Freiheit haben, die Freiheit der Frühlinge, die Weite der Herbsttage und den Besitz der Himmel, die sich dehnen, wehen und regnen. Dort geht das Leben seinen stillen unverstörten Gang. Dort steigen die Säfte zu Blättern und Blüten, steigen, stehen und ziehen sich zurück in die Stämme, dort ist von Vögeln ein Kommen und Gehen, ein Singen und Schweigen, dort breiten sich die Wasser aus, ruhen und glänzen und wiederholen die Dinge dunkel, wie aus ferner Erinnerung. Und die Einsamkeiten der Menschen erfüllen die große Stadt. Die kleinen Einsamkeiten der Armen, die wie leere Zimmer sind, und die einsamen Stunden der Kinder und der großen Menschen unsägliche Einsamkeiten die den Ebenen gleichen ...

Die großen Städte (Prosa 1903)

Not und Größe des Alltäglichen

Rom, am 29. Oktober 1903

Nein, es ist hier nicht *mehr* Schönheit als anderswo, und alle diese von Generationen immer weiterbewunderten Gegenstände, an denen Handlangerhände gebessert und ergänzt haben, bedeuten nichts, sind nichts und haben kein Herz und keinen Wert; – aber es ist viel Schönheit hier, weil überall viel Schönheit ist. Unendlich lebensvolle Wasser gehen über die alten Aquädukte in die große Stadt und tanzen auf den vielen Plätzen über steinernen weißen Schalen und breiten sich aus in weiten, geräumigen Becken und rauschen bei Tag und erheben ihr Rauschen zur Nacht, die hier groß und gestirnt ist und weich von Winden. Und Gärten sind hier, unvergeßliche Alleen und Treppen, Treppen, von Michelangelo ersonnen, Treppen, die nach dem Vorbild abwärts gleitender Wasser erbaut sind – breit im Gefäll Stufe aus Stufe gebärend wie Welle aus Welle. Durch solche Eindrücke sammelt man sich, gewinnt sich zurück aus dem anspruchsvollen Vielen, das da spricht und schwätzt (und wie gesprächig ist es!), und lernt langsam die sehr wenigen Dinge erkennen, in denen Ewiges dauert, das man lieben, und Einsames, daran man leise teilnehmen kann...

Briefe (1903)

Unten ist folgende Zusammenstellung: ein kleiner Handwagen, von einer Frau geschoben; vorn darauf ein Leierkasten, der Länge nach. Dahinter quer ein Kinderkorb, in dem ein ganz Kleines auf festen Beinen steht, vergnügt in seiner Haube, und sich nicht mag setzen lassen. Von Zeit zu Zeit dreht die Frau am Orgelkasten. Das ganz Kleine stellt sich dann sofort stampfend in seinem Korbe wieder auf, und ein kleines Mädchen in einem grünen Sonntagskleid tanzt und schlägt Tamburin zu den Fenstern hinauf.

Malte

Daß ich es nicht lassen kann, bei offenem Fenster zu schlafen. Elektrische Bahnen rasen läutend durch meine Stube. Automobile gehen über mich hin. Eine Tür fällt zu. Irgendwo klirrt eine Scheibe herunter, ich höre ihre großen Scherben lachen, die kleinen Splitter kichern. Dann plötzlich dumpfer, eingeschlossener Lärm von der anderen Seite, innen im Hause. Jemand steigt die Treppe. Kommt, kommt unaufhörlich. Ist da, ist lange da, geht vorbei. Und wieder die Straße. Ein Mädchen kreischt: Ah tais-toi, je ne veux plus. Die Elektrische rennt ganz erregt heran, darüber fort, fort über alles. Jemand ruft. Leute laufen, überholen sich. Ein Hund bellt. Was für eine Erleichterung: ein Hund. Gegen Morgen kräht sogar ein Hahn, und das ist Wohltun ohne Grenzen. Dann schlafe ich plötzlich ein. *Malte*

Ich habe unberechenbare Nachbarn gehabt und sehr regelmäßige. Ich habe gesessen und das Gesetz der ersten herauszufinden versucht; denn es war klar, daß auch sie eines hatten. Und wenn die pünktlichen einmal am Abend ausblieben, so hab ich mir ausgemalt, was ihnen könnte zugestoßen sein, und habe mein Licht brennen lassen und mich geängstigt wie eine junge Frau. Ich habe Nachbarn gehabt, die gerade haßten, und Nachbarn, die in eine heftige Liebe verwickelt waren; oder ich erlebte es, daß bei ihnen eines in das andere umsprang mitten in der Nacht, und dann war natürlich an Schlafen nicht zu denken.

Da konnte man überhaupt beobachten, daß der Schlaf durchaus nicht so häufig ist, wie man meint. Meine beiden Petersburger Nachbarn zum Beispiel gaben nicht viel auf Schlaf. Der eine stand und spielte die Geige, und ich bin sicher, daß er dabei hinübersah in die überwachen Häuser, die nicht aufhörten hell zu sein in den unwahrscheinlichen Augustnächten. Von dem anderen zur Rechten weiß ich allerdings, daß er lag; er stand zu meiner Zeit überhaupt nicht mehr auf. Er hatte sogar die Augen geschlossen; aber man konnte nicht sagen, daß er schlief. Er lag und sagte lange Gedichte her, [. . .] in dem Tonfall, in dem Kinder Gedichte hersagen, wenn man es von ihnen verlangt. *Malte*

Manchmal gehe ich an kleinen Läden vorbei in der rue de Seine etwa. Händler mit Altsachen oder kleine Buchantiquare oder Kupferstichverkäufer mit überfüllten Schaufenstern. Nie tritt jemand bei ihnen ein, sie machen offenbar keine Geschäfte. Sieht man aber hinein, so sitzen sie, sitzen und lesen, unbesorgt; sorgen nicht um morgen, ängstigen sich nicht um ein Gelingen, haben einen Hund, der vor ihnen sitzt, gut aufgelegt, oder eine Katze, die die Stille noch größer macht, indem sie die Bücherreihen entlang streicht, als wischte sie die Namen von den Rücken.

Ach, wenn das genügte: ich wünschte manchmal, mir so ein volles Schaufenster zu kaufen und mich mit einem Hund dahinterzusetzen für zwanzig Jahre. *Malte*

Die Städte aber wollen nur das Ihre
und reißen alles mit in ihren Lauf.
Wie hohles Holz zerbrechen sie die Tiere
und brauchen viele Völker brennend auf.

Und ihre Menschen dienen in Kulturen
und fallen tief aus Gleichgewicht und Maß,
und nennen Fortschritt ihre Schneckenspuren
und fahren rascher, wo sie langsam fuhren,
und fühlen sich und funkeln wie die Huren
und lärmen lauter mit Metall und Glas.

Es ist, als ob ein Trug sie täglich äffte,
sie können gar nicht mehr sie selber sein;
das Geld wächst an, hat alle ihre Kräfte

und ist wie Ostwind groß, und sie sind klein
und ausgeholt und warten, daß der Wein
und alles Gift der Tier- und Menschensäfte
sie reize zu vergänglichem Geschäfte.

Und deine Armen leiden unter diesen
und sind von allem, was sie schauen, schwer
und glühen frierend wie in Fieberkrisen
und gehn, aus jeder Wohnung ausgewiesen,
wie fremde Tote in der Nacht umher;
und sind beladen mit dem ganzen Schmutze,
und wie in Sonne Faulendes bespien, –
von jedem Zufall, von der Dirnen Putze,
von Wagen und Laternen angeschrien.

Und gibt es einen Mund zu ihrem Schutze,
so mach ihn mündig und bewege ihn.

Stundenbuch

Ich kann mich nicht erinnern, wie ich durch die vielen Höfe hinausgekommen war. Es war Abend, und ich verirrte mich in der fremden Gegend und ging Boulevards mit endlosen Mauern in einer Richtung hinauf und, wenn dann kein Ende da war, in der entgegengesetzten Richtung zurück bis an irgendeinen Platz. Dort begann ich eine Straße zu gehen, und es kamen andere Straßen, die ich nie gesehen hatte, und wieder andere. Elektrische Bahnen rasten manchmal überhell und mit hartem, klopfendem Geläute heran und vorbei. Aber auf ihren Tafeln standen Namen, die ich nicht kannte. Ich wußte nicht, in welcher Stadt ich war und ob ich hier irgendwo eine Wohnung hatte und was ich tun mußte, um nicht mehr gehen zu müssen. *Malte*

Die Existenz des Entsetzlichen in jedem Bestandteil der Luft. Du atmest es ein mit Durchsichtigem; in dir aber schlägt es sich nieder, wird hart, nimmt spitze, geometrische Formen an zwischen den Organen; denn alles, was sich an Qual und Grauen begeben hat auf den Richtplätzen, in den Folterstuben, den Tollhäusern, den Operationssälen, unter den Brückenbögen im Nachherbst: alles das ist von einer zähen Unvergänglichkeit, alles das besteht auf sich und hängt, eifersüchtig auf alles Seiende, an seiner schrecklichen Wirklichkeit. *Malte*

Menschen, die sich ja jetzt auch hier reichlich versammelt haben, haben mir nur Schrecken bereitet im Ganzen; der Einzelne, wo er sich aussprach, ist mir oft nah und rührend gewesen; besonders Menschen, die aus dem Feld kommen, betrogen um fast alle Kennzeichen einer Heimkehr! Aber doch, doch: wie hoffnungsvoll ist der Einzelne doch immer wieder, wie wirklich, wie gutgewillt, wie reich, – wenn man dann die wirre trübe Menge sieht, begreift mans nicht, daß er sich in ihr so, gleichsam spurlos, verliert –.

Briefe (1918)

München, ... am 19. Dezember 1918

Nein, es ist keine Rede davon, daß von hier Erfreuenderes zu berichten wäre; unter dem Vorwand eines großen Umsturzes arbeitet die alte Gesinnungslosigkeit weiter und tut mit sich selber unter der roten Fahne groß. Es ist furchtbar, es zu sagen: aber dies ist alles ebensowenig *wahr*, wie die Aufrufe, die zum Kriege aufgefordert haben; weder dies noch jenes ist vom Geiste gemacht. Der sogenannte Geist kam auch diesem Ereignis erst nach und konnte, genau wie 1914, sich nur noch „zur Verfügung stellen", was für den Geist, muß man zugeben, nicht eben sehr großartig ist. Zunächst sind wir Alle um das Aufatmen gekommen; beschäftigt damit, den Frieden aufzulesen, der, aus allen Händen fallend, in tausend Stücke zersprungen ist, haben wir ihn nie im Ganzen gesehen und hätten doch gerade *dieses* bedurft: uns seine Größe vorzustellen, seine reine Größe nach der wirren Monstrosität des Krieges. Man kann nicht anders, als mit innigster Sorge feststellen, daß hier neue Leistung an Leistung grenzt, daß Menschen, die eben aus der unmittelbarsten Bedrängnis ausgelöst worden sind, in lauter neue Bedrängnisse geschleudert werden, und daß, indem die Namen Krieg und Frieden gleichzeitig wegfallen, ein unbekanntes, unbenennbares Geschehen gerade in *dem* Augenblick hereingebrochen ist, in dem man es am nötigsten hatte, sich wieder im Vertrauten und Gesicherten einzurichten. Dabei diese Verführung zu politischem Dilettantismus, die die Leute verleiten möchte, außerhalb ihrer Kenntnis und Übung, sich am Allgemeinen zu versuchen und dort das Experiment einzuführen, wo nur das Weiseste und Erwogenste zur Wirkung kommen dürfte. *Briefe (1918)*

Irgendwie anders muß die Welt in ein haltbares Bewußtsein eingehen, und vielleicht wird das Erste, woran sie sich wiederfindet, ein ganz Unscheinbares, jedenfalls ein Unsägliches sein! Mir scheint das Mindeste Aufbauen, das jeder Einzelne an seiner Stelle versucht, der einfach wieder hobelnde Tischler, der wieder hämmernde Schmied, der wieder rechnende und bedenkende Kaufmann: Das sind die Fortschreitenden, das sind die reinen Revolutionäre, je mehr, je stiller und tätiger und werkliebender sie, jeder an seinem Platze, sich bemühen. *Briefe (1919)*

Schnell, lassen Sie sich erzählen, wie am Ende in München nichts nötig war, als nur dringend, nicht dort zu sein, sondern hier –, ich bin gereist, gereist, ohne Rücksicht, und nun, nun darf mans sagen – ists Toledo, ists Toledo. Ich merke jetzt, wie ich, seit lange, allen Dingen unrecht tat, indem ich von ihnen dies hier erwartete, ja forderte; und es rührt mich, wie sie sich weit herbeiließen, mir dies zu bedeuten und zu versprechen, aber ich lebte in lauter Vorgefühl, und nun erst ists wieder das Fühlen selbst. *Briefe (1912)*

IV

Und zeigt uns zitternd einen neuen Griff

Trost des Werdens, Kraft der Verwandlung

Ach, da wir Hilfe von Menschen erharrten:
stiegen
Engel lautlos mit einem Schritte hinüber
über das liegende Herz

Briefe (1912)

Werkleute sind wir: Knappen, Jünger, Meister,
und bauen dich, du hohes Mittelschiff.
Und manchmal kommt ein ernster Hergereister,
geht wie ein Glanz durch unsre hundert Geister
und zeigt uns zitternd einen neuen Griff.

Wir steigen in die wiegenden Gerüste,
in unsern Händen hängt der Hammer schwer,
bis eine Stunde uns die Stirnen küßte,
die strahlend und als ob sie Alles wüßte
von dir kommt, wie der Wind vom Meer.

Dann ist ein Hallen von dem vielen Hämmern
und durch die Berge geht es Stoß um Stoß.
Erst wenn es dunkelt lassen wir dich los:
Und deine kommenden Konturen dämmern.

Gott, du bist groß.

Stundenbuch

Wir sind verdorben vom leichten Genuß wie alle Dilettanten und stehen im Geruch der Meisterschaft. Wie aber, wenn wir unsere Erfolge verachteten, wie, wenn wir ganz von vorne begännen die Arbeit der Liebe zu lernen, die immer für uns getan worden ist? Wie, wenn wir hingingen und Anfänger würden, nun, da sich vieles verändert. *Malte*

Da muß er lernen von den Dingen,
anfangen wieder wie ein Kind...
Eins muß er wieder können: *fallen*,
geduldig in der Schwere ruhn,
der sich vermaß, den Vögeln allen
im Fliegen es zuvorzutun. *Stundenbuch*

Ich glaube an das Alter, lieber Freund, Arbeiten und Altwerden, das ist es, was das Leben von uns erwartet. Und dann eines Tages *alt sein* und noch lange nicht alles verstehen, nein, aber anfangen, aber lieben, aber ahnen, aber zusammenhängen mit Fernem und Unsagbarem, bis in die Sterne hinein. *Briefe (1905)*

Erneuerung, Verwandlung, Heiligung – und die Seele stürzte herüber –, ich weiß. Aber wer macht sich neu und zerschlüge sich nicht vorher... *Briefe (1914)*

Der Engel

Mit einem Neigen seiner Stirne weist
er weit von sich was einschränkt
und verpflichtet;
denn durch sein Herz geht riesig aufgerichtet
das ewig Kommende das kreist.

Die tiefen Himmel stehn ihm voll Gestalten,
und jede kann ihm rufen: komm, erkenn –.
Gib seinen leichten Händen nichts zu halten
aus deinem Lastenden. Sie kämen denn

bei Nacht zu dir, dich ringender zu prüfen,
und gingen wie Erzürnte durch das Haus
und griffen dich als ob sie dich erschüfen
und brächen dich aus deiner Form heraus.

Neue Gedichte

Dies muß es sein, je mehr ichs nachprüfe, daß ich eine Haltung habe (*die*, zu der ich mich in gewissen Arbeitsmomenten erzog) und meine Seele hat eine andere Haltung, die nächste, übernächste, und so dien ich ihr nicht mehr und es dient ihr niemand. Sie ist die Glockenspeise, und Gott setzt sie immer wieder in Weißglut und bereitet die gewaltige Stunde des Gusses: aber ich bin noch die alte Form, die Form der vorigen Glocke, die eigensinnige Form, die das ihre getan hat und sich nicht mag ersetzen lassen –, und so bleibts ungegossen. – Kann man so viel einsehn und sich doch nicht helfen?! Und seit Jahren. *Briefe (1914)*

Ich lerne es täglich, lerne es unter Schmerzen, denen ich dankbar bin: *Geduld* ist alles! *Briefe (1903)*

Laß dichs getrösten: Frost und Harsch bereiten
die Spannung künftiger Empfänglichkeiten.

Winterliche Stanzen

Sie fragen, ob Ihre Verse gut sind. Sie fragen mich. Sie haben vorher andere gefragt. Sie senden sie an Zeitschriften. Sie vergleichen sie mit anderen Gedichten, und Sie beunruhigen sich, wenn gewisse Redaktionen Ihre Versuche ablehnen. Nun [...] bitte ich Sie, das alles aufzugeben. Sie sehen nach außen, und das vor allem dürften

Sie jetzt nicht tun. Niemand kann Ihnen raten und helfen, niemand. Es gibt nur ein einziges Mittel. Gehen Sie in sich. Erforschen Sie den Grund, der Sie schreiben heißt; prüfen Sie, ob er in der tiefsten Stelle Ihres Herzens seine Wurzeln ausstreckt, gestehen Sie sich ein, ob Sie sterben müßten, wenn es Ihnen versagt würde zu schreiben. Dieses vor allem: fragen Sie sich in der stillsten Stunde Ihrer Nacht: *muß* ich schreiben? Graben Sie in sich nach einer tiefen Antwort. Und wenn diese zustimmend lauten sollte, wenn Sie mit einem starken und einfachen „*Ich muß*" dieser ernsten Frage begegnen dürfen, dann bauen Sie Ihr Leben nach dieser Notwendigkeit; Ihr Leben bis hinein in seine gleichgültigste und geringste Stunde muß ein Zeichen und Zeugnis werden diesem Drange. *Briefe (1903)*

Glauben Sie übrigens nicht, Tora Holmström, daß ich mit mir unzufrieden bin, weil keine Bücher bei meinem jetzigen Dasein herauskommen. Wenn ich auch mir keine andere Seligkeit wünsche als die des innigen Gelingens in der Arbeit, ich weiß wohl –, wir ertrügens gar nicht, immer selig zu sein, und will, ohne zu zählen, warten unter den halbverdunkelten Geistern, bis der schöne Glanz mich wieder erfüllt und durchdringt. Nur meinte ich, wenn ich mich beklagte, gerade dieses Warten müßte froher, reiner (wie soll ich sagen?) – unschuldiger sein. Das war es nicht, ist es aber inzwischen schon wieder geworden, ein wenig. Ich blieb die ganze Zeit hinter meiner festverschlossenen Tür, sah niemanden, ging nirgends hin als immer weiter in mich hinein, an manche Stelle, wo ich noch niemals glaubte gewesen zu sein, und diese Richtung ist nie ganz hoffnungslos, wenn man nur die Kraft hat, sie zu gehen, und sich nicht umsieht und niemand einen dabei anruft. *Briefe (1914)*

Ich bin gerade jetzt mehr als je im Einseitigen, die Klage hat vielfach überwogen, aber ich weiß, man darf die Klagesaiten nur dann so ausführlich gebrauchen, wenn man entschlossen ist, auf ihnen, mit ihren Mitteln, später auch den ganzen Jubel zu spielen, der hinter jedem Schweren, Schmerzhaften und Ertragenen anwächst und ohne den die Stimmen nicht vollzählig sind –. *Briefe (1912)*

Wenn nur das äußerst Notwendige geschieht, *wer* es tut, darauf kommt es nicht an. Und Sie haben nun gearbeitet, für viele, für alle, die doch trotz allem, wie arg es mit ihnen auch aussieht, reinen Herzens sind. Ich rechne mich ganz in die Menge, ich verdiene gar nicht, herausgefunden zu sein, aber auch für mich haben Sie ein bißchen gearbeitet, lieber Kassner, Gott lohn es Ihnen.

Briefe (1910)

Ein Kunstwerk ist gut, wenn es aus Notwendigkeit entstand. In dieser Art seines Ursprungs liegt sein Urteil: es gibt kein anderes. Darum, sehr geehrter Herr, wußte ich Ihnen keinen Rat als diesen: in sich zu gehen und die Tiefen zu prüfen, in denen Ihr Leben entspringt. *Briefe (1903)*

Jedes Wort, jeder Wortzwischenraum in jenen Gedichten ist mit äußerster Notwendigkeit entstanden, unter dem Bewußtsein jener endgültigen Verantwortlichkeit, unter deren innerem Gericht meine Arbeit sich vollzieht. *Briefe (1909)*

Und zeigt uns zitternd einen neuen Griff

Die Kunst nicht für eine *Auswahl* aus der Welt zu halten, sondern für deren restlose Verwandlung ins Herrliche hinein. *Briefe (1909)*

Und in diesem Sinne scheint der Künstler noch über dem Weisen zu stehen. Wo dieser bestrebt ist, Rätsel zu lösen, da hat der Künstler eine noch bei weitem größere Aufgabe oder, wenn man will, ein noch größes Recht. Des Künstlers ist es, das Rätsel zu – lieben. Das ist alle Kunst: Liebe, die sich über Rätsel ergossen hat, – und das sind alle Kunstwerke: Rätsel, umgeben, geschmückt, überschüttet von Liebe. *Worpswede*

Schon aber weis ich Dich nun weiter, aus mir hinaus, an die Gestalt, die ich mir, draußen, gültiger und dauernder baue. Halt Dich an *sie*, wenn sie Dir groß und bedeutend scheint. Wer weiß, wer ich bin? Ich wandle und wandle mich. Sie aber ist die Grenze meiner Verwandlung, ihr reiner Rand: strahlt sie Dir Liebe, zu Herzen, *gut*: so laß uns beide an sie glauben. *Briefe (1922)*

Erinnern Sie sich, wie sich dieses Leben aus der Kindheit heraus nach den „Großen" gesehnt hat? Ich sehe, wie es sich jetzt von den Großen fort nach den Größeren sehnt. Darum hört es nicht auf, schwer zu sein, aber darum wird es auch nicht aufhören zu wachsen. *Briefe (1904)*

Und schließlich wollte ich Ihnen ja auch nur raten, still und ernst durch Ihre Entwicklung durchzuwachsen; Sie können sie gar nicht heftiger stören, als wenn Sie nach außen sehen und von außen Antwort erwarten auf Fragen, die nur Ihr innerstes Gefühl in Ihrer leisesten Stunde vielleicht beantworten kann. *Briefe (1903)*

Nur, wir vergessen so leicht, was der lachende Nachbar
uns nicht bestätigt oder beneidet. Sichtbar
wollen wirs heben, wo doch das sichtbarste Glück
uns erst zu erkennen sich gibt, wenn wir es innen verwandeln.
7. Elegie

Und wenn wir wieder von der Einsamkeit reden, so wird immer klarer, daß das im Grunde nichts ist, was man wählen oder lassen kann. Wir *sind* einsam. Man kann sich darüber täuschen und tun, als wäre es nicht so. Das ist alles. Wieviel besser ist es aber, einzusehen, daß wir es sind, ja geradezu, davon auszugehen. Da wird es freilich geschehen, daß wir schwindeln; denn alle Punkte, worauf unser Auge zu ruhen pflegte, werden uns fortgenommen, es gibt nichts Nahes mehr, und alles Ferne ist unendlich fern. *Briefe (1904)*

Im Grunde, und gerade in den tiefsten und wichtigsten Dingen, sind wir namenlos allein, und damit einer dem andern raten oder gar helfen kann, muß viel geschehen, viel muß gelingen, eine ganze Konstellation von Dingen muß eintreffen, damit es einmal glückt. *Briefe (1903)*

Absolut betrachtet, ohne Rücksichtnahme auf das minderwertige Gespräch, das die ganze Welt ausfüllt, scheint mir jetzt auch das trefflichste

Gespräch wie eine Ausschweifung. Ich dachte es neulich, als ich mich hier am Abend verleiten ließ (noch dazu französisch), einiges Wichtige zu sagen, fühlte es nach den erschöpfenden Gesprächen mit Norlind am Anfang meines hiesigen Aufenthaltes. Welcher bittere Geschmack, welches Ausgabegefühl, welche Morgen-nach-einem-Gelage-Stimmung bleibt da zurück! Und wie schuldig fühlt man sich! Früher glaubte ich immer, es käme aus einem Bedauern, sich an nicht ganz Feine, Reife weggegeben zu haben; aber nein, es kommt einfach daher, daß Ausgeben Sünde ist, Musik ist, Hingabe ist. Im Grunde muß man sich vor seinen besten Worten zuschließen und in die Einsamkeit gehen. Denn das Wort muß Mensch werden. Das ist das Geheimnis der Welt... *Briefe (1904)*

Erde, ist es nicht dies, was du willst: *unsichtbar*
in uns erstehn? – Ist es dein Traum nicht,
einmal unsichtbar zu sein? Erde! unsichtbar!
Was, wenn Verwandlung nicht, ist dein drängender Auftrag? *9. Elegie*

Und zeigt uns zitternd einen neuen Griff

Nirgends, Geliebte, wird die Welt sein, als
innen.
Unser Leben geht hin mit Verwandlung.
Und immer geringer schwindet das Außen.

7. Elegie

Man muß nie verzweifeln, wenn einem etwas verloren geht, ein Mensch oder eine Freude oder ein Glück; es kommt alles noch herrlicher wieder. Was abfallen *muß*, fällt ab; was zu uns gehört, bleibt bei uns, denn es geht alles nach Gesetzen vor sich, die größer als unsere Einsicht sind und mit denen wir nur scheinbar im Widerspruch stehen. Man muß in sich selber leben und an das *ganze* Leben denken, an alle seine Millionen Möglichkeiten, Weiten und Zukünfte, denen gegenüber es nichts Vergangenes und Verlorenes gibt. *Briefe (1904)*

Wer ernst hinsieht, findet, daß, wie für den Tod, der schwer ist, auch für die schwere Liebe noch keine Aufklärung, keine Lösung, weder Wink noch Weg erkannt worden ist; und es wird für diese beiden Aufgaben, die wir verhüllt tragen und weitergeben, ohne sie aufzutun, keine gemeinsame, in Vereinbarung beruhende Regel sich erforschen lassen. Aber in demselben Maße, in dem wir beginnen, als einzelne das Leben zu versuchen, werden diese großen Dinge uns, den einzelnen, in größerer Nähe begegnen. Die Ansprüche, welche die schwere Arbeit der Liebe an unsere Entwicklung stellt, sind überlebensgroß, und wir sind ihnen, als Anfänger, nicht gewachsen. Wenn wir aber doch aushalten und diese Liebe auf uns nehmen als Last und Lehrzeit, statt uns zu verlieren an all das leichte und leichtsinnige Spiel, hinter dem die Menschen sich vor dem ernstesten Ernst ihres Daseins verborgen haben, – so wird ein kleiner Fortschritt und eine Erleichterung denen, die lange nach uns kommen, vielleicht fühlbar sein; das wäre viel.

Briefe (1904)

Denken Sie: ist die Kindheit nicht schwer in all ihrem unerklärten Zusammenhang? Sind die Mädchenjahre nicht schwer, – ziehen sie nicht wie langes schweres Haar das Haupt in die Tiefe großer Traurigkeit? Und es *soll* nicht anders werden; wenn für viele das Leben dann auf einmal leichter wird, leichtsinniger und froher, so ist es nur, weil sie aufgehört haben, es ernst zu nehmen, es in Wirklichkeit zu tragen und mit ihrem eigensten Wesen zu fühlen und zu erfüllen.

Das ist kein Fortschritt im Sinne des Lebens. Das ist eine Absage aller seiner Weiten und Möglichkeiten. Was von uns verlangt wird, ist, daß wir das *Schwere* lieben und mit dem Schweren umgehen lernen. Im Schweren sind die freundlichen Kräfte, die Hände, die an uns arbeiten. Mitten im Schweren sollen wir unsere Freuden haben, unser Glück, unsere Träume: da, vor der Tiefe dieses Hintergrunds, heben sie sich ab, da sehen wir erst, wie schön sie sind. Und nur im Dunkel der Schwere hat unser kostbares Lächeln einen Sinn; da leuchtet es erst mit seinem tiefen, träumenden Licht, und in der Helligkeit, die es für einen Augenblick verbreitet, sehen wir Wunder und Schätze, von denen wir umgeben sind.

Briefe (1904)

Sie haben viele und große Traurigkeiten gehabt, die vorübergingen. Und Sie sagen, daß auch dieses Vorübergehen schwer und verstimmend für Sie war. Aber, bitte, überlegen Sie, ob diese großen Traurigkeiten nicht vielmehr mitten durch Sie durchgegangen sind? Ob nicht vieles in Ihnen sich verwandelt hat, ob Sie nicht irgendwo, an irgendeiner Stelle Ihres Wesens sich verändert haben, während Sie traurig waren? Gefährlich und schlecht sind nur jene Traurigkeiten, die man unter die Leute trägt, um sie zu übertönen; wie Krankheiten, die oberflächlich und töricht behandelt werden, treten sie nur zurück und brechen nach einer kleinen Pause um so furchtbarer aus; und sammeln sich an im Innern und sind Leben, sind ungelebtes, verschmähtes, verlorenes Leben, an dem man sterben kann. Wäre es uns möglich, weiter zu sehen, als unser Wissen reicht, und noch ein wenig über die Vorwerke unseres Ahnens hinaus, vielleicht würden wir dann unsere Traurigkeiten mit größerem Vertrauen ertragen als unsere Freuden. Denn sie sind die Augenblicke, da etwas Neues in uns eingetreten ist, etwas Unbekanntes. *Briefe (1904)*

Unsere Gefühle verstummen in scheuer Befangenheit, alles in uns tritt zurück, es entsteht eine Stille, und das Neue, das niemand kennt, steht mitten darin und schweigt.

Ich glaube, daß fast alle unsere Traurigkeiten Momente der Spannung sind, die wir als Lähmung empfinden, weil wir unsere befremdeten Gefühle nicht mehr leben hören. Weil wir mit dem Fremden, das bei uns eingetreten ist, allein sind; weil uns alles Vertraute und Gewohnte für einen Augenblick fortgenommen ist; weil wir mitten in einem Übergang stehen, wo wir nicht stehen bleiben können. Darum geht die Traurigkeit auch vorüber: das Neue in uns, das Hinzugekommene, ist in unser Herz eingetreten, ist in seine innerste Kammer gegangen und ist auch dort nicht mehr – ist schon im Blut. Und wir erfahren nicht, was es war. Man könnte uns leicht glauben machen, es sei nichts geschehen, und doch haben wir uns verwandelt, wie ein Haus sich verwandelt, in welches ein Gast eingetreten ist. Wir können nicht sagen, wer gekommen ist, wir werden es vielleicht nie wissen, aber es sprechen viele Anzeichen dafür, daß die Zukunft in solcher Weise in uns eintritt, um sich in uns zu verwandeln, lange bevor sie geschieht. Und darum ist es so wichtig, einsam und aufmerksam zu sein, wenn man traurig ist: weil der scheinbar ereignislose und starre Augenblick, da unsere Zukunft uns betritt, dem Leben so viel näher steht als jener andere laute und zufällige Zeitpunkt, da sie uns, wie von außen her, geschieht. Je stiller, geduldiger und offener wir als Traurige sind, um so tiefer und um so unbeirrter geht das Neue in uns ein, um so besser erwerben wir es, um so mehr wird es *unser* Schicksal sein, und wir werden uns ihm, wenn es eines späteren Tages ‚geschieht' (das heißt: aus uns heraus zu den anderen tritt), im Innersten verwandt und nahe fühlen. *Briefe (1904)*

Man hat schon so viele Bewegungs-Begriffe umdenken müssen, man wird auch allmählich erkennen lernen, daß das, was wir Schicksal nennen, aus den Menschen heraustritt, nicht von außen her in sie hinein. Nur weil so viele ihre Schicksale, solange sie in ihnen lebten, nicht aufsaugten und in sich selbst verwandelten, erkannten sie nicht, was aus ihnen trat; es war ihnen so fremd, daß sie, in ihrem wirren Schrecken, meinten, es müsse gerade jetzt in sie eingegangen sein, denn sie beschworen, vorher nie Ähnliches in sich gefunden zu haben. Wie man sich lange über die Bewegung der Sonne getäuscht hat, so täuscht man sich immer noch über die Bewegung des Kommenden. Die Zukunft steht fest..., wir aber bewegen uns im unendlichen Raume. *Briefe (1904)*

Da dürfen Sie, lieber Herr Kappus, nicht erschrecken, wenn eine Traurigkeit vor Ihnen sich aufhebt, so groß, wie Sie noch keine gesehen haben; wenn eine Unruhe, wie Licht und Wolkenschatten, über Ihre Hände geht und über all Ihr Tun. Sie müssen denken, daß etwas an Ihnen geschieht, daß das Leben Sie nicht vergessen hat, daß es Sie in der Hand hält; es wird Sie nicht fallen lassen. Warum wollen Sie irgendeine Beunruhigung, irgendein Weh, irgendeine Schwermut von Ihrem Leben ausschließen, da Sie doch nicht wissen, was diese Zustände an Ihnen arbeiten? Warum wollen Sie sich mit der Frage verfolgen, woher das alles kommen mag und wohin es will? Da Sie doch wissen, daß Sie in den Übergängen sind, und nichts so sehr wünschten, als sich zu verwandeln. Wenn etwas von Ihren Vorgängen krankhaft ist, so bedenken Sie doch, daß die Krankheit das Mittel ist, mit dem ein Organismus sich von Fremdem befreit; da muß man ihm nur helfen, krank zu sein, seine ganze Krankheit zu haben und auszubrechen, denn das ist sein Fortschritt. In Ihnen, lieber Herr Kappus, geschieht jetzt so viel; Sie müssen geduldig sein wie ein Kranker und zuversichtlich wie ein Genesender; denn vielleicht sind Sie beides. Und mehr: Sie sind auch der Arzt, der sich zu überwachen hat. Aber da gibt es in jeder Krankheit viele Tage, da der Arzt nichts tun kann als abwarten. Und das ist es, was Sie, soweit Sie Ihr Arzt sind, jetzt vor allem tun müssen. *Briefe (1904)*

Indem Sie Ihr Leid als ein namenloses, zuletzt doch nicht mehr benennbares, ertrügen, bereiteten Sie [dem anderen] die Freiheit vor, in gewissen Momenten nicht nur Leid zu sein, sondern: Fügung (– wer kann es absehen –): Vergünstigung. *Briefe (1920)*

Vielleicht sind alle Drachen unseres Lebens Prinzessinnen, die nur darauf warten, uns einmal schön und mutig zu sehen. Vielleicht ist alles Schreckliche im tiefsten Grunde das Hilflose, das von uns Hilfe will. *Briefe (1904)*

Aber unsere Wirrnisse sind seit je ein Teil unserer Reichtümer gewesen, und wo wir vor ihrer Gewalt uns entsetzen, erschrecken wir doch nur vor ungeahnten Möglichkeiten und Spannungen unserer Kraft –; und das Chaos, wenn wir nur ein wenig Abstand davon gewinnen, erregt in uns sofort die Ahnung neuer Ordnungen und, sowie unser Mut an solchen Ahnungen nur im mindesten sich beteiligen mag, auch schon die Neugierde und die Lust, jenes noch unvorsehliche künftige Ordnen zu leisten! *Briefe (1922)*

Es handelt sich in der Ehe für mein Gefühl nicht darum, durch Niederreißung und Unterstützung aller Grenzen eine rasche Gemeinsamkeit zu schaffen, vielmehr ist die gute Ehe die, in welcher jeder den anderen zum Wächter seiner Einsamkeit bestellt und ihm dieses größte Vertrauen beweist, das er zu verleihen hat. Ein *Miteinander* zweier Menschen ist eine Unmöglichkeit und, wo es doch vorhanden scheint, eine Beschränkung, eine gegenseitige Übereinkunft, welche einen Teil oder beide Teile ihrer vollsten Freiheit und Entwicklung beraubt. Aber, das Bewußtsein vorausgesetzt, daß auch zwischen den *nächsten* Menschen unendliche Fernen bestehen bleiben, kann ihnen ein wundervolles Nebeneinanderwohnen erwachsen, wenn es ihnen gelingt, die Weite zwischen sich zu lieben, die ihnen die Möglichkeit gibt, einander immer in ganzer Gestalt und vor einem großen Himmel zu sehen!

Briefe (1901)

Wir kommen ja doch eben erst dazu, das Verhältnis eines einzelnen Menschen zu einem zweiten einzelnen vorurteilslos und sachlich zu betrachten, und unsere Versuche, solche Beziehung zu leben, haben kein Vorbild vor sich. Und doch ist in dem Wandel der Zeit schon manches, das unserer zaghaften Anfängerschaft helfen will.

Briefe (1904)

Das Mädchen und die Frau, in ihrer neuen, eigenen Entfaltung, werden nur vorübergehend Nachahmer männlicher Unart und Art und Wiederholer männlicher Berufe sein. Nach der Unsicherheit solcher Übergänge wird sich zeigen, daß die Frauen durch die Fülle und den Wechsel jener (oft lächerlichen) Verkleidungen nur gegangen sind, um ihr eigenstes Wesen von den entstellenden Einflüssen des anderen Geschlechts zu reinigen. Die Frauen, in denen unmittelbarer, fruchtbarer und vertrauensvoller das Leben verweilt und wohnt, müssen ja im Grunde reifere Menschen geworden sein, menschlichere Menschen als der leichte, durch die Schwere keiner leiblichen Frucht unter die Oberfläche des Lebens herabgezogene Mann, der, dünkelhaft und hastig, unterschätzt, was er zu lieben meint. Dieses in Schmerzen und Erniedrigungen ausgetragene Menschentum der Frau wird dann, wenn sie die Konventionen der Nur-Weiblichkeit in den Verwandlungen ihres äußeren Standes abgestreift haben wird, zutage treten, und die Männer, die es heute noch nicht kommen fühlen, werden davon überrascht und geschlagen werden. Eines Tages... wird das

Mädchen da sein und die Frau, deren Name nicht mehr nur einen Gegensatz zum Männlichen bedeuten wird, sondern etwas für sich, etwas, wobei man keine Ergänzung und Grenze denkt, nur an Leben und Dasein –: der weibliche Mensch.

Briefe (1904)

Auch im Mann ist Mutterschaft, scheint mir, leibliche und geistige; sein Zeugen ist auch eine Art Gebären, und Gebären ist es, wenn er schafft aus innerster Fülle. Und vielleicht sind die Geschlechter verwandter, als man meint, und die große Erneuerung der Welt wird vielleicht darin bestehen, daß Mann und Mädchen sich, befreit von allen Irrgefühlen und Unlüsten, nicht als Gegensätze suchen werden, sondern als Geschwister und Nachbarn und sich zusammentun werden als *Menschen*, um einfach, ernst und geduldig das schwere Geschlecht, das ihnen auferlegt ist, gemeinsam zu tragen. *Briefe (1904)*

V

Ich kreise um Gott, um den uralten Turm

Erfahrung von Mitte und Ziel

Auch wenn wir nicht wollen:
Gott reift. Stundenbuch

Wenn ich sage: Gott, so ist das eine große, nie erlernte Überzeugung in mir. Die ganze Kreatur, kommt mir vor, sagt dieses Wort, ohne Überlegung, wenn auch oft aus tiefer Nachdenklichkeit. *Der Brief des jungen Arbeiters (1922)*

Es ist lange her, ich wohnte damals in der Nähe Berlins, halb auf dem Lande, und war mit anderen Arbeiten beschäftigt. Da stellten sich mir, seit einer ganzen Zeit schon, morgens beim Erwachen oder an den Abenden, da man die Stille hörte, Worte ein, die aus mir austraten und im Recht zu sein schienen, Gebete, wenn man will, – ich hielt sie dafür, ja nicht einmal: ich sprach sie hin und ordnete mich an ihnen für das Unbekannte des Schlafs oder des beginnenden Tags. Aber endlich fiel mir die Stärke und das Wiedereinsetzen dieser inneren Diktate doch auf, ich begann eines Tages, Zeilen davon aufzuschreiben, das Aufschreiben selbst bestärkte und lockte die Eingebung, zu der unwillkürlichen Freude der inneren Bewegtheit kam die Lust an dem, was nun schon Arbeit war, und über diesem Eingehen auf eine innere Akustik bildete sich in steten

Fortschritten das heraus, was Sie als das „Buch vom mönchischen Leben“ kennen. *Briefe (1911)*

Ich lebe mein Leben in wachsenden Ringen,
die sich über die Dinge ziehn.
Ich werde den letzten vielleicht nicht
vollbringen,
aber versuchen will ich ihn.

Ich kreise um Gott, um den uralten Turm,
und ich kreise jahrtausendelang;
und ich weiß noch nicht: bin ich ein Falke,
ein Sturm
oder ein großer Gesang. *Stundenbuch*

Du gehst jetzt so gerade auf das Göttliche zu; nein, Du erfliegst es, über allem, in geradestem Flug, dem nichts dawider steht. Und ich bin dort gewesen, immer schon, schon als Kind, und komm gehend davon her und bin ausgesandt (nicht um zu verkünden), um unter dem Menschlichen zu sein, um alles zu sehen, um nichts abzulehnen, keine der tausend Verwandlungen, in denen das Äußerste sich verstellt und schwärzt und unkenntlich macht. Ich bin wie einer, der Pilze sammelt und Heilkräuter unter den Kräutern; da sieht man gebückt und mit Geringem beschäftigt aus, während die Stämme ringsum stehen und anbeten. Aber die Zeit wird kommen, wo ich den Trank bereite. Und die andere, wo ich ihn hinaufbringe, in dem alles verdichtet ist und verbunden, das Giftigste und Tödlichste, um seiner Stärke willen; hinaufbringe zu Gott, damit er seinen Durst stille und seinen Glanz in seine Adern strömen fühle . . .

Briefe (1908)

Gott spricht zu jedem nur, eh er ihn macht,
dann geht er schweigend mit ihm aus der Nacht.
Aber die Worte, eh jeder beginnt,
diese wolkigen Worte, sind:

Von deinen Sinnen hinausgesandt,
geh bis an deiner Sehnsucht Rand;
gib mir Gewand.

Hinter den Dingen wachse als Brand,
daß ihre Schatten, ausgespannt,
immer mich ganz bedecken.

Laß dir Alles geschehn:
Schönheit und Schrecken.
Man muß nur gehn: Kein Gefühl ist das fernste.
Laß dich von mir nicht trennen.
Nah ist das Land,
das sie das Leben nennen.

Du wirst es erkennen
an seinem Ernste.

Gib mir die Hand.

Stundenbuch

Ich finde dich in allen diesen Dingen,
denen ich gut und wie ein Bruder bin;
als Samen sonnst du dich in den geringen
und in den großen gibst du groß dich hin.

Das ist das wundersame Spiel der Kräfte,
daß sie so dienend durch die Dinge gehn:
in Wurzeln wachsend, schwindend in die
Schäfte
und in den Wipfeln wie ein Auferstehn.

Stundenbuch

Du, Nachbar Gott, wenn ich dich manchesmal
in langer Nacht mit hartem Klopfen störe, –
so ists, weil ich dich selten atmen höre
und weiß: Du bist allein im Saal.

Und wenn du etwas brauchst, ist keiner da,
um deinem Tasten einen Trank zu reichen:
Ich horche immer. Gib ein kleines Zeichen.
Ich bin ganz nah. *Stundenbuch*

Ich bin gar kein Liebender, mich ergreifts nur von außen, vielleicht weil mich nie jemand ganz und gar erschüttert hat, vielleicht weil ich meine Mutter nicht liebe. Recht arm steh ich da vor diesem reichen kleinen Geschöpf, an dem eine weniger vorsichtige und nicht gerade so gefährdete Natur (wie ich es seit einer Weile bin) sich hätte grenzenlos entzücken und bilden können. Alle Liebe ist Anstrengung für mich, Leistung, surmenage, nur Gott gegenüber hab ich einige Leichtigkeit, denn Gott lieben, heißt eintreten, gehen, stehen, ausruhen und überall in der Liebe Gottes sein. *Briefe (1913)*

Du kommst und gehst. Die Türen fallen
viel sanfter zu, fast ohne Wehn.
Du bist der leiseste von Allen,
die durch die leisen Häuser gehn. *Stundenbuch*

Mein Gott, fiel es mir mit Ungestüm ein, so *bist* du also. Es gibt Beweise für deine Existenz. Ich habe sie alle vergessen und habe keinen je verlangt, denn welche ungeheuere Verpflichtung läge in deiner Gewißheit. Und doch, nun wird mirs gezeigt. Dieses ist dein Geschmack, hier hast du Wohlgefallen. Daß wir doch lernten, vor allem aushalten und nicht urteilen. Welche sind die schweren Dinge? Welche die gnädigen? Du allein weißt es. *Malte*

In tiefen Nächten grab ich dich, du Schatz.
Denn alle Überflüsse, die ich sah,
sind Armut und armseliger Ersatz
für deine Schönheit, die noch nie geschah.

Aber der Weg zu dir ist furchtbar weit
und, weil ihn lange keiner ging, verweht.

O du bist einsam. Du bist Einsamkeit,
du Herz, das zu entfernten Talen geht.

Und meine Hände, welche blutig sind
vom Graben, heb ich offen in den Wind,
so daß sie sich verzweigen wie ein Baum.
Ich sauge dich mit ihnen aus dem Raum.

Stundenbuch

Daß innerhalb der christlichen Kirche Gotteswege von seligstem Aufstieg und von der tiefsten Leistung können begangen werden, dafür sind die ungeheueren Beweise der Heiligenleben da und neben ihnen manches starke und herzliche Überstehen, vielleicht in unserer nächsten Nachbarschaft. Aber diese Überzeugung und Erfahrung schließt in mir nicht die Gewißheit aus, daß die gewaltigsten Verhältnisse zu Gott, wo Not und Antrieb zu ihnen da ist, auch im außerchristlichen Gemüt, in irgend einem ringenden Menschen, sich auszubilden vermögen, wie ja die ganze Natur, wo sie nur ihren Willen haben darf, unerschöpflich zu Gott übergeht.

Briefe (1914)

Ich kreise um Gott, um den uralten Turm

Alle, welche dich suchen, versuchen dich.
Und die, so dich finden, binden dich
an Bild und Gebärde.

Ich aber will dich begreifen
wie dich die Erde begreift;
mit meinem Reifen
reift
dein Reich.

Stundenbuch

Da sie [die Liebenden] einander immerfort das Äußerste wünschen und zumuten mögen, kann keiner dem anderen durch Beschränkung unrecht tun; im Gegenteil, sie erzeugen sich gegenseitig unaufhörlich Raum und Weite und Freiheit, genau wie der Gottliebende für Gott zu allen Zeiten Fülle und Vollmacht aus seinem Herzen ausgeworfen und in den Tiefen des Himmels gegründet hat. Dieser erlauchte Geliebte hat die vorsichtige Weisheit, ja (es kann nicht mißverstehbar sein, es so zu sagen) die edle List gebraucht, sich nie zu zeigen; so daß die Liebe zu Gott zwar in einzelnen ekstatischen Seelen zu eingebildeten Momenten des Genusses führen konnte, – aber doch, ihrem Wesen nach, ganz und gar Arbeit geblieben ist, härtester Taglohn und schwierigste Bestellung. *Briefe (1909)*

Und es ist nicht zu spät, in deine werdenden Tiefen zu tauchen. *Stundenbuch*

Falle nicht, Gott, aus deinem Gleichgewicht.
Auch der dich liebt und der dein Angesicht
erkennt im Dunkel, wenn er wie ein Licht
in deinem Atem schwankt, – besitzt dich nicht.
Und wenn dich einer in der Nacht erfaßt,
so daß du kommen mußt in sein Gebet:

Du bist der Gast,
der wieder weiter geht.

Wer kann dich halten, Gott? Denn du bist dein,
von keines Eigentümers Hand gestört,
so wie der noch nicht ausgereifte Wein,
der immer süßer wird, sich selbst gehört.

Stundenbuch

Es ist in mir eine am Ende doch ganz unbeschreibliche Art und Leidenschaft, Gott zu erleben, die unbedingt dem Alten Testament näher steht, als der Messiade; ja, wenn ich zugleich allgemein und wahr sein wollte, so müßte ich gestehen, es sei mir doch, zeitlebens, um nichts anderes zu tun, als in meinem Herzen diejenige Stelle zu entdecken und zu beleben, die mich in Stand setzen würde, in *allen* Tempeln der Erde mit der gleichen Berechtigung, mit dem gleichen Anschluß an das jeweils dort Größeste anzubeten. *Briefe (1922)*

Wir bauen an dir mit zitternden Händen
und wir türmen Atom auf Atom.
Aber wer kann dich vollenden,
du Dom. *Stundenbuch*

Außen ist vieles anders geworden. Ich weiß nicht wie. Aber innen und vor Dir, mein Gott, innen vor Dir, Zuschauer: sind wir nicht ohne Handlung? Wir entdecken wohl, daß wir die Rolle nicht wissen, wir suchen einen Spiegel, wir möchten abschminken und das Falsche abnehmen und wirklich sein. Aber irgendwo haftet uns noch ein Stück Verkleidung an, das wir vergessen. Eine Spur Übertreibung bleibt in unseren Augenbrauen, wir merken nicht, daß unsere Mundwinkel verbogen sind. Und so gehen wir herum, ein Gespött und eine Hälfte: weder Seiende, noch Schauspieler. *Malte*

Vielleicht. Vielleicht ist das neu, daß wir das überstehen: das Jahr und die Liebe. Blüten und Früchte sind reif, wenn sie fallen; die Tiere fühlen sich und finden sich zueinander und sind es zufrieden. Wir aber, die wir uns Gott vorgenommen haben, wir können nicht fertig werden. Wir rücken unsere Natur hinaus, wir brauchen noch Zeit. Was ist uns ein Jahr? Was sind alle? Noch eh wir Gott angefangen haben, beten wir schon zu ihm: laß uns die Nacht überstehen. Und dann das Kranksein. Und dann die Liebe. *Malte*

Die Abgetrenntheit, die endgültig gewordene Jenseitigkeit Gottes erstaunte und beunruhigte mich, seit ich ein Kind war, in so hohem Grade, daß mir durch gewisse Jahre hin alle Erfindungen meiner Produktion recht sein mußten, die die Richtung zu Gott, sei es von welcher Stelle immer aus, durchschlugen und nichts beabsichtigten als irgendwie, von jeder Situation her, bei ihm anzukommen. *Briefe (1921)*

So bin ich nur als Kind erwacht,
so sicher im Vertraun
nach jeder Angst und jeder Nacht
dich wieder anzuschaun.

Ich weiß, sooft mein Denken mißt,
wie tief, wie lang, wie weit –:
du aber bist und bist und bist,
umzittert von der Zeit.

Mir ist, als wär ich jetzt zugleich
Kind, Knab und Mann und mehr.
Ich fühle: nur der Ring ist reich
durch seine Wiederkehr.

Stundenbuch

Du dunkelnder Grund, geduldig erträgst du
die Mauern.
Und vielleicht erlaubst du noch eine Stunde
den Städten zu dauern
und gewährst noch zwei Stunden den Kirchen
und einsamen Klöstern
und lässest fünf Stunden noch Mühsal
allen Erlösten
und siehst noch sieben Stunden das Tagwerk
des Bauern –:

Eh du wieder Wald wirst und Wasser
und wachsende Wildnis
in der Stunde der unerfaßlichen Angst,
da du dein unvollendetes Bildnis
von allen Dingen zurückverlangst.

Stundenbuch

Die Forcierung des Herzens, das und jenes für wahr zu halten, die man gewöhnlich Glauben nennt, hat keinen Sinn. Erst muß man Gott irgendwo finden, ihn erfahren, als so unendlich, so überaus, so ungeheuer vorhanden –, dann sei's Furcht, sei's Staunen, sei's Atemlosigkeit, sei's am Ende – Liebe, was man dann zu ihm faßt, darauf kommt es kaum noch an, – aber der Glaube, dieser Zwang zu Gott, hat keinen Platz, wo einer mit der Entdeckung Gottes begonnen hat, in der es dann kein Aufhören mehr gibt, mag man an welcher Stelle immer begonnen haben. –

Und Sie, als Jüdin, mit so viel unmittelbarster Gotterfahrung, mit so altem Gottesschrecken im Blut, sollten sich um ein „Glauben" gar nicht kümmern müssen. Sondern einfach *fühlen*, in Ihrer Gegenwart die Seine: und wo Er, Jehova, *gefürchtet* werden wollte – da wars ja nur, weil es in vielen Fällen kein anderes Mittel gab zu gegenseitiger Nähe von Mensch und Gott als eben die Furcht. Und Furcht vor Gott ist ja nur, sozusagen, die *Schale* eines Zustandes, dessen Inneres *nicht* nach Furcht schmeckt, sondern bis zur unsäglichsten Namenlosigkeit und Süßigkeit reifen kann, für den, der darinnen sich verliert. –

Briefe (1921)

Denn nur dem Einsamen wird offenbart,
und vielen Einsamen der gleichen Art
wird mehr gegeben als dem schmalen Einen.
Denn jedem wird ein andrer Gott erscheinen,
bis sie erkennen, nah am Weinen,
daß durch ihr meilenweites Meinen,
durch ihr Vernehmen und Verneinen,
verschieden nur in hundert Seinen
ein Gott wie eine Welle geht. *Stundenbuch*

Was wirst du tun, Gott, wenn ich sterbe?
Ich bin dein Krug (wenn ich zerscherbe?)
Ich bin dein Trank (wenn ich verderbe?)
Bin dein Gewand und dein Gewerbe,
mit mir verlierst du deinen Sinn.
Du weißt, daß ich ein Sucher bin. *Stundenbuch*

Du bist so groß, daß ich schon nicht mehr bin,
wenn ich mich nur in deine Nähe stelle.
Du bist so dunkel; meine kleine Helle
an deinem Saum hat keinen Sinn.
Dein Wille geht wie eine Welle
und jeder Tag ertrinkt darin.

Nur meine Sehnsucht ragt dir bis ans Kinn
und steht vor dir wie aller Engel größter:
ein fremder, bleicher und noch unerlöster,
und hält dir seine Flügel hin.
Er will nicht mehr den uferlosen Flug,
an dem die Monde blaß vorüberschwammen,
und von den Welten weiß er längst genug.

Stundenbuch

VI

O Herr, gib jedem seinen eignen Tod!

Sehnsucht nach Vollendung – Schmerzen des Übergangs

Und die findigen Tiere merken es schon,
daß wir nicht sehr verläßlich zu Hause sind
in der gedeuteten Welt. 1. Elegie

Wenn ich in der allgemeinen Trübung und Unberatenheit des Menschlichen, und nun vollends des öffentlichen Lebens, noch eine Aufgabe, rein gestellt und unabhängig, vor mir sehe, so ist es einzig diese: die Vertraulichkeit zum Tode aus den tiefsten Freuden und Herrlichkeiten des Lebens heraus zu bestärken: ihn, der nie ein Fremder war, wieder als den verschwiegenen Mitwisser alles Lebendigen kenntlicher und fühlbarer zu machen. *Briefe (1919)*

O Herr, gib jedem seinen eignen Tod.
Das Sterben, das aus jenem Leben geht,
darin er Liebe hatte, Sinn und Not.

Denn wir sind nur die Schale und das Blatt.
Der große Tod, den jeder in sich hat,
das ist die Frucht, um die sich alles dreht.

Stundenbuch

Seitdem habe ich viel über die Todesfurcht nachgedacht, nicht ohne gewisse eigene Erfahrungen dabei zu berücksichtigen. Ich glaube, ich kann wohl sagen, ich habe sie gefühlt. Sie überfiel mich in der vollen Stadt, mitten unter den Leuten, oft ganz ohne Grund. Oft allerdings häuften sich die Ursachen; wenn zum Beispiel jemand auf einer Bank verging und alle standen herum und sahen ihm zu, und er war schon über das Fürchten hinaus: dann hatte ich seine Furcht [...].

Aber ich fürchtete mich auch ... zum Beispiel, als mein Hund starb. Derselbe, der mich ein- für allemal beschuldigte. Er war sehr krank. Ich kniete bei ihm schon den ganzen Tag, da plötzlich bellte er auf, ruckweise und kurz, wie er zu tun pflegte, wenn ein Fremder ins Zimmer trat. Ein solches Bellen war für diesen Fall zwischen uns gleichsam verabredet worden, und ich sah unwillkürlich nach der Tür. Aber es war schon in ihm. Beunruhigt suchte ich seinen Blick, und auch er suchte den meinen; aber nicht um Abschied zu nehmen. Er sah mich hart und befremdet an. Er warf mir vor, daß ich es hereingelassen hatte. Er war überzeugt, ich hätte es hindern können. Nun zeigte es sich, daß er mich immer überschätzt hatte. Und es war keine Zeit mehr, ihn aufzuklären. Er sah mich befremdet und einsam an, bis es zu Ende war. *Malte*

Da leben Menschen, weißerblühte, blasse,
und sterben staunend an der schweren Welt.
Und keiner sieht die klaffende Grimasse,
zu der das Lächeln einer zarten Rasse
in namenlosen Nächten sich entstellt.

Sie gehn umher, entwürdigt durch die Müh,
sinnlosen Dingen ohne Mut zu dienen,
und ihre Kleider werden welk an ihnen,
und ihre schönen Hände altern früh.

Die Menge drängt und denkt nicht
sie zu schonen,
obwohl sie etwas zögernd sind und schwach, –
nur scheue Hunde, welche nirgends wohnen,
gehn ihnen leise eine Weile nach.

Sie sind gegeben unter hundert Quäler,
und, angeschrien von jeder Stunde Schlag,
kreisen sie einsam um die Hospitäler
und warten angstvoll auf den Einlaßtag.

Dort ist der Tod. Nicht jener, dessen Grüße
sie in der Kindheit wundersam gestreift, –
der kleine Tod, wie man ihn dort begreift;
ihr eigener hängt grün und ohne Süße
wie eine Frucht in ihnen, die nicht reift. *Stundenbuch*

O Herr, gib jedem seinen eignen Tod!

Dieses ausgezeichnete Hôtel ist sehr alt, schon zu König Chlodwigs Zeiten starb man darin in einigen Betten. Jetzt wird in 559 Betten gestorben. Natürlich fabrikmäßig. Bei so enormer Produktion ist der einzelne Tod nicht so gut ausgeführt, aber darauf kommt es auch nicht an. Die Masse macht es. Wer gibt heute noch etwas für einen gut ausgearbeiteten Tod? Niemand. Sogar die Reichen, die es sich doch leisten könnten, ausführlich zu sterben, fangen an, nachlässig und gleichgültig zu werden; der Wunsch, einen eigenen Tod zu haben, wird immer seltener. Eine Weile noch, und er wird ebenso selten sein wie ein eigenes Leben. Gott, das ist alles da. Man kommt, man findet ein Leben, fertig, man hat es nur anzuziehen. Man will gehen oder man ist dazu gezwungen: nun, keine Anstrengung: Voilà votre mort, Monsieur. Man stirbt, wie es gerade kommt; man stirbt den Tod, der zu der Krankheit gehört, die man hat (denn seit man alle Krankheiten kennt, weiß man auch, daß die verschiedenen letalen Abschlüsse zu den Krankheiten gehören und nicht zu den Menschen; und der Kranke hat sozusagen nichts zu tun). *Malte*

Wenn ich nach Hause denke, wo nun niemand mehr ist, dann glaube ich, das muß früher anders gewesen sein. Früher wußte man (oder vielleicht man ahnte es), daß man den Tod *in* sich hatte wie die Frucht den Kern. Die Kinder hatten einen kleinen in sich und die Erwachsenen einen großen. Die Frauen hatten ihn im Schoß und die Männer in der Brust. Den *hatte* man, und das gab einem eine eigentümliche Würde und einen stillen Stolz.

Malte

Herr: Wir sind ärmer denn die armen Tiere,
die ihres Todes enden, wenn auch blind,
weil wir noch alle ungestorben sind.
Den gib uns, der die Wissenschaft gewinnt,
das Leben aufzubinden in Spaliere,
um welche zeitiger der Mai beginnt.
Denn dieses macht das Sterben fremd und
schwer,
daß es nicht *unser* Tod ist; einer der
uns endlich nimmt, nur weil wir keinen reifen.
Drum geht ein Sturm, uns alle abzustreifen.

Stundenbuch

Mein Gott, mein Gott, wenn mir noch solche Nächte bevorstehen, laß mir doch wenigstens einen von den Gedanken, die ich zuweilen denken konnte. Es ist nicht so unvernünftig, was ich da verlange; denn ich weiß, daß sie gerade aus der Furcht gekommen sind, weil meine Furcht so groß war. Da ich ein Knabe war, schlugen sie mich ins Gesicht und sagten mir, daß ich feige sei. Das war, weil ich mich noch schlecht fürchtete. Aber seitdem habe ich mich fürchten gelernt mit der wirklichen Furcht, die nur zunimmt, wenn die Kraft zunimmt, die sie erzeugt. Wir haben keine Vorstellung von dieser Kraft, außer in unserer Furcht. Denn so ganz unbegreiflich ist sie, so völlig gegen uns, daß unser Gehirn sich zersetzt an der Stelle, wo wir uns anstrengen, sie zu denken. Und dennoch, seit einer Weile glaube ich, daß es *unsere* Kraft ist, alle unsere Kraft, die noch zu stark ist für uns. Es ist wahr, wir kennen sie nicht, aber ist es nicht gerade unser Eigenstes, wovon wir am wenigsten wissen? Manchmal denke ich mir, wie der Himmel entstanden ist und der Tod: dadurch, daß wir unser Kostbarstes von uns fortgerückt haben, weil noch so viel anderes zu tun war vorher und weil es bei uns Beschäftigten nicht in Sicherheit war. Nun sind Zeiten darüber vergangen, und wir haben uns an Geringeres gewöhnt. Wir erkennen unser Eigentum nicht mehr und entsetzen uns vor seiner äußersten Großheit. Kann das nicht sein? *Malte*

Du meinst die Demut. Angesichter
gesenkt in stillem Dich verstehn.
So gehen abends junge Dichter
in den entlegenen Alleen.
So stehn die Bauern um die Leiche,
wenn sich ein Kind im Tod verlor, –
und was geschieht, ist doch das Gleiche:
es geht ein Übergroßes vor. *Stundenbuch*

Diese ersten Novembertage sind für mich immer katholische Tage. Der zweite Novembertag ist der Tag von Allerseelen, den ich bis zu meinem 16. oder 17. Jahr immer, wo ich auch grade gewohnt haben mag, auf Kirchhöfen verbrachte, an fremden Gräbern oft und oft an den Gräbern von Verwandten und Vorfahren, an

Gräbern, die ich mir nicht erklären konnte und über die ich nachdenken mußte in den wachsenden Winternächten. Damals kam mir wohl zuerst der Gedanke, daß jede Stunde, die wir leben, eine Sterbestunde ist für irgendwen und daß es wohl sogar mehr Sterbestunden als Stunden der Lebendigen gibt. Der Tod hat ein Zifferblatt mit unendlich viel Zahlen. *Briefe (1901)*

Ich muß gestehen, es sind alle diese unerhörten Verhältnisse, die mir, hier zu sein, bei allem Schmerz, köstlich machen – und je weiter ich lebe, desto nötiger scheint es mir, auszuhalten, das ganze Diktat des Daseins bis zum Schluß nachzuschreiben; denn es möchte sein, daß erst der letzte Satz jenes kleine, vielleicht unscheinbare Wort enthält, durch welche alles mühsam Erlernte und Unbegriffene sich gegen einen herrlichen Sinn hinüberkehrt. Und wer weiß, ob wir nicht in jenseitigen Verhältnissen irgendwie davon abhängen, daß wir hier zu *dem* Ende gekommen sind, das uns nun einmal bereitet war.

Briefe (1914)

Todes-Erfahrung

Wir wissen nichts von diesem Hingehn, das
nicht mit uns teilt. Wir haben keinen Grund,
Bewunderung und Liebe oder Haß
dem Tod zu zeigen, den ein Maskenmund

tragischer Klage wunderlich entstellt.
Noch ist die Welt voll Rollen, die wir spielen.
Solang wir sorgen, ob wir auch gefielen,
spielt auch der Tod, obwohl er nicht gefällt.

Doch als du gingst, da brach in diese Bühne
ein Streifen Wirklichkeit durch jenen Spalt
durch den du hingingst: Grün wirklicher Grüne,
wirklicher Sonnenschein, wirklicher Wald.

Wir spielten weiter. Bang und schwer Erlerntes
hersagend und Gebärden dann und wann
aufhebend; aber dein von uns entferntes,
aus unserm Stück entrücktes Dasein kann

uns manchmal überkommen, wie ein Wissen
von jener Wirklichkeit sich niedersenkend,
so daß wir eine Weile hingerissen
das Leben spielen, nicht an Beifall denkend.

Neue Gedichte

Schluss-Stück

Der Tod ist groß.
Wir sind die Seinen
lachenden Munds.
Wenn wir uns mitten im Leben meinen,
wagt er zu weinen
mitten in uns.

Buch der Bilder

Die Liebenden leben nicht aus dem abgetrennt Hiesigen; als ob nie eine Teilung vorgenommen worden wäre, greifen sie den ungeheueren Besitzstand ihrer Herzen an, von ihnen kann man sagen, daß ihnen Gott wahrhaft wird und daß der Tod ihnen nicht schadet: *denn sie sind voller Tod, indem sie voller Leben sind.*

Briefe (1915)

Der Tod der Geliebten

Er wußte nur vom Tod was alle wissen:
daß er uns nimmt und in das Stumme stößt.
Als aber sie, nicht von ihm fortgerissen,
nein, leis aus seinen Augen ausgelöst,

hinüberglitt zu unbekannten Schatten,
und als er fühlte, daß sie drüben nun
wie einen Mond ihr Mädchenlächeln hatten
und ihre Weise wohlzutun:

da wurden ihm die Toten so bekannt,
als wäre er durch sie mit einem jeden
ganz nah verwandt; er ließ die andern reden

und glaubte nicht und nannte jenes Land
das gutgelegene, das immersüße –
Und tastete es ab für ihre Füße.

Neue Gedichte

Die Stunde des Sterbens, die diese Einsicht einem jeden abringt, ist nur eine von unseren Stunden und keine ausnahmsweise: Unser Wesen geht immerfort in Veränderungen über und ein, die an Intensität vielleicht nicht geringer sind als das Neue, Nächste und Übernächste, das der Tod mit sich bringt. Und so wie wir einander an einer bestimmten Stelle jenes auffallendsten Wechsels ganz und gar lassen müssen, so müssen wir, strenggenommen, einander jeden Augenblick aufgeben und weiterlassen und nicht zurückhalten. *Briefe (1909)*

Es ist nicht unmöglich, daß wir anders geworden sind durch die Macht eines einsamen Dichters, der vor Hunderten von Jahren gelebt hat und von dem wir nichts wissen. Oder gibt es jemanden, der im Ernste meint, eines Heiligen Gebet, der unsäglich verlassene Sterbetag eines Kindes oder die Einzelhaft eines großen Verbrechers könnten so zergangen sein wie ein Ja und ein Nein oder wie der Lärm einer Türe, die zufällt?

Ich glaube, daß alles, was wirklich geschieht, ohne Todesfurcht ist; ich glaube, daß die Willen langvergangener Menschen, daß die Bewegung, mit der sie ihre Hand in einem gewissen bedeutungsvollen Augenblick öffneten, daß das Lächeln, mit welchem sie an irgend einem fernen Fenster standen, – ich glaube, daß alle diese Erlebnisse von Einsamen in fortwährenden Verwandlungen unter uns leben. Sie sind da, vielleicht etwas abgerückt von uns nach der Seite der Dinge hin, aber sie sind da, gleich wie die Dinge da sind, und wie sie ein Teil unseres Lebens.

Fragment von den Einsamen (1903)

Ich kann nicht hinaustreten in die Nacht, ohne von allen den jungen Menschen zu wissen, die wachen; der Klang, mit dem ihre Fenster aufgehen, zittert in mir, die vorsichtigen und bangen Gebärden ihrer Hände rühren sich in den meinen. Ich wünsche mich nicht zu ihnen hin, denn was könnte ich ihnen sagen, das mehr wäre als ihr Schmerz oder erhabener als ihr Schweigen. Ich störe sie nicht. Aber ich bin ganz davon erfüllt, daß das Leben jener Einsamen eine von den großen Kräften ist, die auf mich wirken aus der Tiefe der Nacht. Sie erreichen mich, sie verwandeln mich, und es gibt Stellen in mir, die ganz hell sind und still in dem Lichte liegen, das von ihnen ausgeht.

O Herr, gib jedem seinen eignen Tod!

Ich glaube nicht, daß es noch eine andere Gemeinsamkeit gibt, oder eine Berührung, die näher ist. Aber ich denke, wenn diese jungen Menschen, die einsam sind, so auf mich einstrahlen und einströmen aus den fremden Fernen der Nacht, obwohl sie nichts tun als traurig am Fenster stehn, welche Gewalt müssen gewisse Einsame über mein Leben haben, die froh sind und voll innerer Handlung? Und es ist mir, als wäre es für diese Einflüsse gleichgültig, ob die Einsamen, welche sie wirken, im Leben sind oder Namen unter den Toten. *Fragment von den Einsamen (1903)*

Könnt ich Sie hier haben, um auch Ihnen das Glück dieser großen Gedichte zu bereiten, in denen Sie gewahren würden, was wir nun alle am dringendsten haben: daß die Vergänglichkeit nicht Trennung ist –, denn wir haben sie, vergehend wie wir sind, gemeinsam mit den uns Vergangenen –, und sie und wir sind zugleich einig in einem *Sein*, in dem ebensowenig Trennung denkbar ist. Verstünden wir denn sonst solche Gedichte, wenn sie nur die Aussprache eines künftig Toten gewesen wären? Reden sie in uns denn außer dem Hiesigen nicht fortwährend ein Uneingeschränktes und Unerkennbares an? Ja, ich meine, es kann der Geist an keiner Stelle sich so klein machen, daß er nur unser Zeitliches und Jetziges beträfe: wo er uns anbraust, da sind wir Tote und Lebendige in Einem. *Briefe (1919)*

Quellenverzeichnis

Rainer Maria Rilke, Sämtliche Werke, herausgegeben vom Rilke-Archiv. In Verbindung mit Ruth Sieber-Rilke, besorgt durch Ernst Zinn. Ausgabe in 6 Bänden; Band I (Insel Verlag, Wiesbaden 1955), Band II (Insel Verlag Wiesbaden 1957), Band III (Insel Verlag, Frankfurt a. M. 1959); Band IV (Insel Verlag, Frankfurt a. M. 1961), Band V (Insel Verlag, Frankfurt a. M. 1965), Bd. VI (Insel Verlag, Frankfurt a. M. 1966).

Rainer Maria Rilke, Sämtliche Werke, herausgegeben vom Rilke-Archiv. In Verbindung mit Ruth Sieber-Rilke, besorgt durch Ernst Zinn. Taschenbuchausgabe in 6 Bänden (= it 1101–1106) (Insel Verlag, Frankfurt a.M. 1987) (dieser Ausgabe sind die Texte der vorliegenden Auswahl entnommen).

Rainer Maria Rilke, Briefe. Herausgegeben vom Rilke-Archiv in Weimar. In Verbindung mit Ruth Sieber-Rilke, besorgt durch Karl Altheim, 3 Bände (Insel Verlag, Frankfurt a. M. [3]1980); Nachdruck als insel taschenbuch 867 (in 3 Bänden) (Insel Verlag, Frankfurt a. M. 1987) (die Briefauszüge dieser Auswahl sind der Taschenbuchausgabe entnommen).

Außer den Briefauszügen werden Texte aus folgenden Werken Rainer Maria Rilkes zitiert:

- Das Stundenbuch (1905), in: Werke I, it 1101.
- Das Buch der Bilder (1902), in: Werke I, it 1101.
- Neue Gedichte (1907), in: Werke I, it 1101.

– Duineser Elegien (1912, 1922), in: Werke I, it 1101.
– Entwürfe (1910), in: Werke II, it 1102.
– Worpswede (1902), in: Werke V, it 1105.
– Fragment von den Einsamen (1903), in: Werke V, it 1105.
– Prosa (Die großen Städte) (1903), in: Werke V, it 1105.
– Die Aufzeichnungen des Malte Laurids Brigge (1910), in: Werke VI, it 1106.
– Über den Jungen Dichter (1913), in: Werke VI, it 1106.
– Vorlesung aus eigenen Werken (1919), in: Werke VI, it 1106.
– Der Brief des jungen Arbeiters (1922), in: Werke VI, it 1106.

In gleicher Ausstattung sind erschienen:

Phil Bosmans
Worte zum Menschsein
ISBN 3-451-27529-5

Khalil Gibran
Worte wie die Morgenröte
ISBN 3-451-27528-7

Anne Morrow Lindbergh
Worte wie Muscheln
ISBN 3-451-27530-9

Herder Freiburg · Basel · Wien